교회 여자들의
은밀한 삶

교회 여자들의
은밀한 삶

디샤 필리야 소설
Deesha Philyaw

정영목 옮김

The Secret Lives of Church Ladies

문학동네

테일러와 페이턴에게
그리고 자유로워지려고 노력하는 모두에게

✦

알려라, 나는 은총을 잃고 타락한 게 아니다.

나는 도약했다
자유를 향해.

—앤설 엘킨스, 「이브의 자서전」

차 례

✝

율라 ____ 011

안-대니얼 ____ 027

자매에게 ____ 035

복숭아 코블러 ____ 065

강설 ____ 111

물리학자와 어떻게 사랑을 나누는가 ____ 137

자엘 ____ 165

기독교인 유부남을 위한 지침 ____ 207

에디 레버트가 올 때 ____ 225

감사의 말 ____ 253

옮긴이의 말 ____ 256

율라

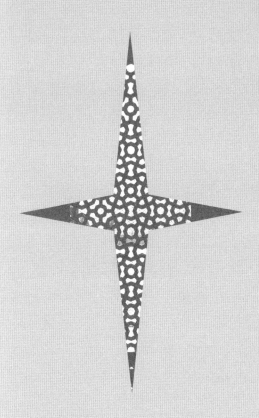

율라는 타운 두 개 너머 클라크스빌의 스위트를 예약한다. 나는 먹을 걸 가져간다. 올해는 내 걸로는 스시, 율라 걸로는 편육과 감자샐러드다. 걸진 건 없다. 배부른 건 없다. 그냥 버티게만 해줄 만큼. 샴페인도 가져간다. 모든 해가 그렇지만 우리의 마지막 해가 될 수도 있는 올해에는 앙드레 스푸만테 세 병을 가져간다.

뿔피리에 2000년 안경도 쓰려고 챙겼다. 중간에 있는 0 두 개가 안경의 렌즈다. Y2K 버그 때문에 타임스스퀘어에서 딕 클라크가 카운트다운을 한 뒤 일 초 동안 우리는 아마 어둠 속에 앉아 있게 될 것이다. 하지만 나는 괜찮다. 그 앙드레는 어둠 속에서도 똑같이 잘 넘어가니까.

방에 자리를 잡자 율라는 감자샐러드와 편육을 열심히 먹는

다. 율라는 먹는 것에 정말 까다롭다. 사실 거의 모든 물건에 까다롭다. 물건이 깔끔하게 정리된 걸 좋아한다. 율라도 나도 학교 선생이고 따라서 우리는 디테일에 신경을 써야 한다. 다만 율라가 나보다 더 꼼꼼하게 신경을 쓸 뿐. 하지만 내가 퍼블릭스에서 감자샐러드를 산 뒤 잘게 썬 삶은 달걀, 겨자, 피클 렐리시, 파프리카를 추가해 빨간 타퍼웨어 볼에 담았다는 건 알지 못한다. 율라는 두 그릇을 먹고 배를 두드리며 내가 평소보다 잘 만들었다고 말한다.

함께 음식을 먹으며 앙드레 한 병을 해치운 뒤 내가 샤워기를 튼다. 우리는 펄펄 끓듯 뜨거운 물을 좋아한다. 열기는 내 긴장을 풀어주는데 율라에게는 다른 역할을 하는 느낌이다. 그애는 내가 나온 뒤에도 한참을 더 머문다. 수증기가 낀 샤워부스 문 너머로 그애의 분홍색 샤워 캡이 보인다. 고개를 숙이고 있다. 하느님이 알아서 마련해주실 것이라 믿고 계속 기다리면서도 하느님의 은혜 밖으로 나가는 것에 대해 용서를 구하는 것일지 궁금하다.

—

십 년 전 율라와 내가 서른이 되었을 때 우리는 그때까지 살아

온 인생의 절반에 해당하는 기간 절친이었다. 우리는 10학년 때 만났는데, 그때 영어 우등반에서 흑인 여자아이는 우리뿐이었다. 율라는 가족이 노스캐롤라이나에서 우리 지역으로 내려오게 되면서 그해에 전학 왔다. 그애한테는 친구가 필요했고 나도 마찬가지였다. 우리는 몽상가들이었고, 수학 공책 여백에 하와이에서 합동결혼식을 올릴 계획을 짰다. 남편은 우리 아버지들과 마찬가지로 철도에서 일하는 사람이다. 우리는 고등학교에서 가르치고 교회 여성 보조단체에 가입하고 옆집에 사는 이웃이 된다. 자식들은 함께 논다.

서른 살 생일에 우리는 고등학교에서 가르치고 여성 보조단체에서 봉사했지만 백일몽의 다른 부분들은 아직 실현되지 않았다. 우리는 율라의 아파트에서 그애 생일을 축하했고, 와인 쿨러를 너무 많이 마셨다. 결국 그애는 스커트를 허리까지 잔뜩 끌어올린 채 내 무릎에 올라앉게 되었다. 나는 그애의 굵은 갈색 허벅지 사이에서 하얀 면 팬티를 보았다. 그애한테서는 바닐라 냄새가 났다.

"그냥 막 터져버릴 것 같은 느낌이 든 적 있어?" 율라가 물었고, 내 얼굴에 닿는 그애의 과일 맛 나는 숨은 뜨거웠다.

나는 솔직하게 대답하면 율라가 달아날까 두려워 아무 말 하지 않았다. 하지만 상관없었다. 율라는 아무도 아래 거기를 만져

준 적이 없다며 나더러 만져달라고 계속 말하고 애원했기 때문
이다. 율라는 착한 아이였다. 그애가 그렇게 말했다. 하지만 나
도 그건 이미 알고 있었다. 십대 때 율라는, 나와는 달리, 호기심
때문에 부모 등뒤에서 몰래 딴짓을 하고 결국 너무 거친 남자애
들에게서 얻을 수밖에 없는 것에 실망한 경험이 없었다. 어른이
되어서는 이름을 기억할 가치도 없는 남자들과 잠깐 즐기는 걸
견딜 수가 없었다. 내가 그랬던 것과는 달리. 율라는 기도에 몰
두하며 성경의 룻처럼 자신의 보아스를 기다렸다.*

　율라는 진짜 신자다. 나처럼 목구멍에 미적거리는 질문들이
가득한 채 돌아다니지 않는다.

　그러나 그날 밤 율라는 내 손가락을 그 하얀 면 팬티 안으로
끌어들이고 보아스는 완전히 잊었다. 우리는 몸이 땀으로 번들
거릴 때까지 자지 않았다. 아침에 율라는 침묵과 커피로 후회를
꾹꾹 억눌렀다.

　한 달쯤 뒤인 새해 전날, 율라는 전화를 걸어 저 건너 클라크
스빌에 스위트를 하나 예약했다고 말했다. 나는 화이트 피자와
아스티 스푸만테 세 병을 가져갔다.

---

* 성경 「룻기」에 나오는 룻은 남편이 죽은 뒤 시어머니와 함께 베들레헴으로 가
서 보아스의 보호를 받다가 그와 재혼한다.

—

이듬해 율라의 생일에 나는 내 집에서 우리를 위한 특별한 저녁식사 계획을 세웠다. 에이버리의 어시장에 내려가 그애가 가장 좋아하는 요리인 검보[*]를 만드는 데 필요한 모든 걸 샀다. 율라는 내가 만드는 폴린 할머니 스타일 검보를 좋아했는데 오크라^{**}는 먹지 않았기 때문에 그렇게 만들었다. 생일 전날 밤에 만들었는데 할머니는 늘 검보가 하루 동안 프리지데어^{***}에 들어앉아 있으면 맛이 나아진다고 말했기 때문이다.

인내심이 필요하기 때문에 검보 만드는 과정에서 내가 제일 싫어하는 루^{****} 젓기를 하고 있는데 율라가 전화를 걸어 저녁식사를 다음으로 미뤄도 괜찮겠느냐고 물었다. 우리 독신자 성경 공부반에 나오는 변호사, 율라가 만난 지 이제 겨우 여섯 달밖에 안된 리스가 생일 기념 데이트를 하고 싶다고 했다. 율라를 놀라게 해주려는 갑작스러운 제안이었다. 그애의 다음 말이 우리 둘다에게 와르르 굴러떨어졌고—오캐럴레타그사람이청혼할지도몰

---

* 해산물에 보통은 오크라를 넣는 수프.

** 아프리카가 원산지인 콩과 식물.

*** 냉장고 상표명.

**** 지방과 밀가루를 섞은 것으로, 소스를 걸쭉하게 만드는 데 쓰이는 재료.

라—나는 계속 루만 저어댔다.

"이해하지, 응?" 율라가 물었다.

"그럼." 율라가 듣고 싶어하면서도 내 입에서 상처 때문에 씁쓸한 맛이 나지 않을 만한 또다른 말을 생각해내려고 했다. 그러나 아무것도 떠오르지 않았다. 어차피 중요하지도 않았던 것이, 율라는 리스가 어떻게 자기 반지 사이즈를 짐작했을지 모르겠다는 둥, 리스가 불쑥 그 얘기를 꺼냈을 때 놀란 척하려면 무슨 말을 해야 할지 모르겠다는 둥 계속 재잘거리고 있었기 때문이다.

결국 그날 밤엔 율라와 리스 둘 다 놀라게 되었다. 그들이 루프톱 레스토랑에서 가진 로맨틱한 저녁식사 자리(원래 놀라야 했던 일)가 리스의 별거중인 부인으로 인해 중단되었기 때문이다.

나중에 율라가 전화를 걸어 무슨 일이 있었는지 말해주었을 때 그녀의 분노는 전화기를 뚫고 나올 것만 같았다. 나는 침대에 일어나 앉아 그 이야기를 들으며 검보—오크라를 넣은 것—를 두 그릇째 먹고 있었고 내 옆에서는 또다른 여자의 남편이 가볍게 코를 골고 있었다.

시간이 지나면서 율라에게 다른 리스들이 생겼고, 다른 '거의'가 생겼다. 하지만 율라는 결국엔 그들이 너무 늙었거나 너무 어리다며 차버렸다. 너무 돈이 없거나 너무 멍청하다며. 아니면 남자 쪽에서 아무리 꾀고 압박을 해도 율라와 잘 수가 없다는 것을 깨닫는 순간 차버렸다. 요즘 들어 리스는 점점 줄어들었고 해가 갈수록 그 남자들은 보아스와 점점 거리가 멀어졌다.

가끔은 율라가 내심 그들 가운데 누구도 원치 않기 때문에 그 남자들 모두에게서 흠을 찾는 것은 아닌지, 그냥 자기에게 기대되는 일을 하고 있는 것은 아닌지 궁금하다.

하지만 율라와 나는 그런 종류의 이야기는 하지 않는다.

—

샤워 뒤에 율라는 하얀 티셔츠와 하얀 면 팬티를 입는다. 킹사이즈 침대에 벌렁 누워 파삭파삭한 하얀 시트, 통통한 베개, 너울거리는 이불 위에 둥둥 떠 있다. 머리는 분홍색 실크 스카프에 싸여 있다. 두번째 앙드레 병을 그대로 입에 대고 한참 들이켠다.

"좀 마실래?" 율라가 나에게 병을 내민다.

나는 침대 발치에서부터 그애한테로 기어간다. 내가 옆으로 가자 율라는 병을 내 입까지 들어올리더니 내 나이트가운 앞자락에 부으며 깔깔거린다. "내가 처리할게." 그애는 병을 나이트 스탠드에 놓고 나를 베개들 위로 밀어 눕힌다. 내 몸을 타고 앉아 나이트가운을 벗기고 샴페인이 닿은 모든 곳을 핥는다.

—

한 시간쯤 뒤 잠에서 깨지만 술은 깨지 않는다. 율라는 자지 않고 앙드레 마지막 병을 비우고 있다. 텔레비전 소리를 죽였지만 딕 클라크가 머리 색깔이 알록달록한 귀여운 백인 여자애를 소개하고 있다는 걸 알 수 있다. 작년 초에 히트곡을 낸 아이다. 그 아이 이름이 기억나지 않지만 정말이지 그건 중요하지는 않은 것 같다. 그 아이는 죽었다 깨도 춤을 추지 못하고 노래 역시 단 한 마디도 제대로 부르지 못한다.

"새해 결심이 있어." 율라가 눈을 반쯤 감고 말한다. "만일 이번 밸런타인데이에 여전히 혼자라 해도 그게 나에게, 오직 나에게만 속한 남자 없이 보내는 마지막 밸런타인데이가 될 거야."

"그거 엄청 큰 결심인데." 나는 말하며 병으로 손을 뻗는다. 그애의 혼자라는 말의 찌르는 아픔이 평소처럼 빨리 나에게서 떨어져나가지 않는다. "뭘 할 계획인데?"

"목사님 말씀대로야. 주님은 주차된 차가 갈 방향을 잡아주지는 못해. 나 스스로 누군가를 만날 자리에 가 있고 내 인생에 남편이 들어올 자리를 마련할 필요가 있어."

"무슨 뜻?"

"우선 요즘 성경 공부에 나가는 데 게으름을 피우고 있었어.

경건한 남자를 원하면 내가 적당한 자리에 있을 필요가 있어."

"리스를 성경 공부에서 만났잖아……"

율라는 눈알을 굴린다. "그리고 집을 다시 꾸밀 거야." 그애는 말을 이어나간다. "지금 이대로는 거기에 남자가 들어올 자리가 없어. 남편을 위한 공간을 만들고 싶어."

"풍수 같은 거구나."

"풍 뭐?"

"아 됐어." 남자를 찾는 그 모든 활동으로 바쁜 율라를 생각한다. 그럼 그동안 나는 뭘? 이따금 유부남 남친을 맞아들인다? 다음 새해 전날은 율라 없이 보낸다? 나도 변화를 원하지만 계획은 전혀 없다.

"그리고 교회 독신자 소프트볼팀에 들어갈 거야." 율라가 말한다.

"너는 운동을 좋아하지도 않잖아." 내가 말하며 웃음을 터뜨린다.

"마음대로 웃어." 율라가 등뒤의 베개를 매만진다. "하지만 너도 정해진 길을 좇아가야 해. 캐럴레타, 너는 집으로 퇴근하는 누군가를 원치 않아? 함께 인생을 보낼 사람? 행복해지고 싶지 않아?"

나는 율라를 보았다. 내 두 다리 사이에서 시간을 보낸 뒤로 눅눅해져 이제는 산뜻하지 않은 곱슬머리. 그녀의 질문을 생각하니 잔인한 동시에 짠한 뭔가가 내 속에서 휘몰아치며 당장이라도 밖으로 쏟아져나올 것 같다. 언제부터 내 행복에 관해 알거나 관심을 가졌다고? 요만큼이라도?

"나는 지금 행복해." 내 목소리를 구슬려 실제 내 느낌보다 용감하게 들리도록 밖으로 빼낸다. "바로 지금. 바로 여기에서. 너와 함께. 그리고 그게 딱 오늘밤 한 번일 필요는 없어. 우리는—"

"캐럴레타, 네가 남편 찾는 걸 포기하지 않았기를 바라. 나는 사명을 띠고 있고 너도 그럴 수 있어." 율라의 말에는 김이 빠져 있다. 세상에서 가장 피곤한 영업사원 같다. 그애는 서둘러 나에게서 멀어져 침대 가장자리로 가 텔레비전을 본다.

"율라, 고개를 돌려 나를 좀 봐. 제발."

율라는 고개를 젓는다. 텔레비전에 대고 말한다. "나는 처녀로 죽고 싶지 않아. 너는 처녀로 죽고 싶어?"

내 반응이 한 박자 느렸던 것 같다.

율라가 고개를 내 쪽으로 휙 돌린다. "너…… 아니야?"

어느 게 더 웃기는지 모르겠다. 율라가 내 마흔 먹은 몸뚱이가 그 긴 세월 남자와 섹스를 해본 적이 없다고 생각하는 것일까, 아니면 그 세월 동안 함께한 그 모든 일 뒤에도 우리 둘 다 아직 처녀라고 생각하는 것일까.

"율라."

"네가? 어떤 더러운 남자하고?" 율라가 손으로 자기 입을 틀어막는다. 그 순간 주일학교 교사 율라가 생물 교사 율라에게서 고삐를 낚아챈다. "너 깨끗하지 않아?"

"율라!"

나는 그애가 옷을 움켜쥐고 뛰쳐나갈 거라고 예상한다. 그러나 그러지 않는다. 그냥 침대에 앉아 있고 흐느낌에 몸이 뒤틀린다. "이렇게 되면 안 되는 거였어." 율라는 계속 울고 있다. 나는 뭐가 이렇게 되면 안 되는 건지 잘 모르겠다. 나하고 남자들이? 그애와 내가? 인생이?

"율라, 그럼 어떻게 되었어야 하는 건데?"

율라는 몸을 돌려 나를 마주본다. "나는 그냥 행복해지고 싶어." 율라가 흐느낀다. "그리고 정상적이고."

나는 둘 사이의 틈을 좁히고 싶고, 그애를 끌어당겨 눈물이 멈출 때까지 그애 몸을 흔들며 다 괜찮을 거라고 말하고 싶지만 감히 그러지 못한다. 나는 다 괜찮게 만들 수가 없다. 그애가 원하는 대로는.

"누구에 따른 정상, 율라? 죽은 지 수천 년 된 남자들? 노예제가 멋진 거라 생각하고 여자를 소유물처럼 다룬?"

"성경은 하느님의 오류 없는 말씀이야." 율라가 소곤거린다.

소곤거림이 이렇게 도전적일 수 있나 싶다.

"너는 한 집단의 남자들을 다른 집단의 남자들이 해석하는 방식 때문에 그렇게 믿고 있을 뿐이야. 사람들은 사람이 아니라 하느님을 믿어야 한다고 말해. 그런데 하느님이 네가, 아니 그 누구라도 수십 년에 또 수십 년 동안 몸에 남의 손이 닿지 않은 채로 살기를 바란다고 생각해? 평생? 스튜어트 자매, 윌슨 자매, 힐 자매, 아버지가 돌아가신 뒤 우리 어머니처럼—하느님을 기쁘게 하는 것과 누군가 자기를 안아주고 가장 친밀한 방식으로 알게* 되는 것처럼 기본적이고 인간적인 것 둘 가운데 하나를 선택해야만 한다고 생각하는 교회의 그 모든 여자처럼. 만일 하느님이 한 번이라도 인간이 되었던 거라면—"

"되었던 거라면?" 율라가 그 말을 침처럼 뱉어낸다.

"—그랬던 거라면 왜 하느님이 그런 고통스러운 선택을 강요하는 규칙을 만들겠어?"

"나는 하느님에게 의문을 품지 않아."

"하지만 이런 식의 하느님을 너에게 가르친 사람들에게는 의문을 품어야 할지도 모르지. 그게 너한테 아무런 보탬이 되지 않으니까."

---

* 성경에서 안다는 말에는 성관계를 가진다는 뜻이 있다.

율라가 눈을 가늘게 뜨고 나를 본다. "너는 내가 생각하던 네가 아니야."

"너도 네가 생각하던 네가 아니야."

—

텔레비전에서, 타임스스퀘어에 모인 사람들이 광란에 빠져들고 있다. 카운트다운을 시작할 때가 거의 다 되었다. 율라와 나는 2000년 안경만 걸친 채 침대에 누워 있다. 뿔피리는 가방에 그대로 있다.

"언젠가 타임스스퀘어에서 새해를 축하하고 싶어." 율라가 말하지만 앙드레 때문에 말이 꼬이고 있다.

"나하고? 뭐 내년에 여기 오는 대신 거기 갈 수도 있지."

율라는 대답하지 않는다.

"저 아래 오스트레일리아 시드니에 있는 우리 친구들이 제일 먼저 새해를 축하했습니다." 딕 클라크가 군중 속 자주색 벨벳 '미치광이' 모자를 쓴 백인 여자에게 말한다. "다른 나라들도 전력이 끊기거나 컴퓨터 결함이 생기지 않고 축하를 했습니다. Y2K 버그가 헛소동이라고 생각하시나요?"

"나 무서워, 캐럴레타."

율라 25

"알아."

율라가 속삭이기 시작한다. 무슨 말을 하나 들어보려고 가까이 다가가다 그녀가 기도를 하고 있다는 걸 깨닫는다.

율라가 아멘 하고 말할 때 나는 일어서서 침대 발치로 내려가 무릎을 꿇는다. 율라는 발톱에 스카프와 똑같은 분홍색을 칠했다. 그애의 두 발목으로 손을 뻗어 내 쪽으로 당긴다. 그애는 빠르게 엉덩이를 움직여 가장자리에 이르고 두 발이 침대 위에서 내 몸 양옆을 딛고 있다. 율라는 무릎을 벌린다. 나는 그애의 허벅지 깊은 곳으로 부드럽게 밀고 내려가고 그애는 활짝 열린다, 제단처럼.

10-9-8……

나는 방언을 하고 있다.*

4-3-2……

율라에게는 율라의 기도가 있고 나에게는 나의 기도가 있다.

---

* Speaking in tongues. 종교에서 방언을 하는 것이지만 말 그대로는 혀로 말한다고 이해할 수도 있으며 여기서는 중의적으로 사용되었다.

안-대니얼

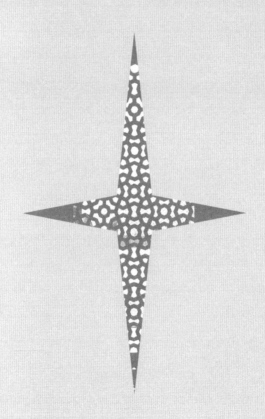

호스피스 센터 뒤 어둠 속에 주차를 하고 기다렸다. 콘돔 한 상자를 쥔 손을 무릎에 올려놓고 있었다. 매그넘 XL 사이즈. 다시 열여섯 살이 된 기분이었다. 다만 지금은 남자애에게 맡기는 대신 내가 콘돔을 샀다는 것. 이번에는 남자애가 두 주 전 호스피스 센터 정문에서 처음 우연히 만났을 때 내가 중학교 동창이라고 오해했던 남자 어른이라는 것. 나는 들어가고 있었고 그는 나오고 있었다. 나는 그 남자가 대니얼 맥머리인 줄 알았고, 그러지 말았어야 할 만큼 오래 물끄러미 바라보았고 남자도 마주 바라보았다. 그날 저녁 늦게 그가 나의 어머니 병실 건너편에서 나올 때 다시 마주쳤다. 그의 어머니는 유방암, 나의 어머니는 난소암.

전화기를 확인해보았다. 10:27. 콘돔을 사러 월마트에 다녀오니 시간이 딱 맞았다. 안-대니얼은 삼 분이면 내려올 거다. 야간 간호사 아이리를 따돌리기 위해 우리는 절대 동시에 우리 층을 떠나거나 돌아가지 않았다. 그녀의 이름은 사실 아이리가 아니었지만 그녀가 자메이카인이었기 때문에 등뒤에서 나는 그녀를 그렇게 불렀다.* 그녀는 또 뱀처럼 비열했다. 센터 책임자에게 그녀에 관해 민원을 넣으면서 그녀의 퉁명스러운 태도는 시체 안치소에 더 잘 어울릴 것 같다고 이야기한 적도 있었다. 하지만 간호사 아이리는 안-대니얼을 좋아했다. 그가 자기 어머니를 돌보는 문제에 관해 질문을 할 때는 거드름을 피우지 않았다. 그가 나에게 해준 이야기에 따르면, 어느 날 밤늦게 그가 노출이 심한 러닝쇼츠 차림으로 복도를 걸어다니는데 그녀가 농담을 건 적도 있었다. "어머, 그렇게 작은 걸 입고 여길 계속 돌아다니면 누가 스펀지 목욕이라도 시켜주겠다고 수작을 걸지도 모르잖아요."

간호사 아이리는 멍청한 여자가 아니었다. 아마 둘 더하기 둘은 넷이라는 식의 간단한 계산을 해보고 이미 알아냈을 것이다. 안-대니얼과 내가…… 우리가 뭐지? 두 어머니가 호스피스 센터 이웃이고 밤은 끝날 줄 모르는데 잠은 오지 않고 그런데 여기

---

* Irie. 자메이카 영어에서 만족스러운 상태를 뜻한다.

에 낮에는 보험회사나 채권자나 목사나 친척이나 친구와 이야기를 나누며 시간을 보내는 또 한 사람, 다른 사람들보다 선의를 더 드러내는 사람이 있을 때 이걸 뭐라고 부르지? 의무감 강한 딸과 맞먹는 의무감이 강한 아들, 역시 다른 가족이 싸놓은 똥을 주로 처리하는 사람, 보석보증인, 하녀, 운전사, 치료사, 진료 상담사, ATM인 또다른 사람. 여기에 예측 불가능한 배우처럼 무대 옆에서 기다리며 어슬렁거리는 죽음을 환영하는 동시에 두려워하는 또 한 사람이 있다.

그 또 한 사람이 결혼반지를 끼고 있는데 부인 이름을 절대 언급하지 않을 때 그걸 뭐라고 부르지? 저기 옆 주州에 있는 집에 부인과 두 자식. 묻지 마라, 말하지도 마라.

정각 열시 반, 안-대니얼이 조수석 창을 두드렸다. 몇 분 동안 우리는 처음에는 늘 그러듯이 말없이 앉아 있었다. 가끔 나는 울었고 가끔 그도 울었다. 여기 바깥에서는, 우리 어머니들의 예수, 자동 항법장치처럼 움직이는 간호사, 공허하고 진부한 말, 하느님의 뜻이 이러니저러니하는 위로로 위장한 쓰레기 신학을 벗어난 곳에서는 그럴 수 있었기 때문이다.

하지만 이날 밤…… 어떻게 시작해야 할까? 전날 밤에 중단되었던 곳에서 다시 이어가? 장례식과 이기적인 형제자매를 두고 주저리주저리 이어지던 또 한번의 대화가 갑자기 키스가 되고, 내 티셔츠 벗기기가 되고, 안-대니얼의 입안에 들어가 있는 내 젖꼭지가 되었던 전날 밤.

실제로는 이렇게 시작했다. 안-대니얼은 나에게서 콘돔 상자를 받아들어 하나를 꺼내고 상자를 대시보드의 내 전화기 옆에 놓았다. 그리고 자기 전화기도 대시보드에 놓았다. 나는 그의 벨 소리 크기가 내 벨소리와 마찬가지로 최고치로 설정되어 있다는 걸 알고 있었다. 언제라도 전화, 그 전화가 올 수 있었기 때문이다. 그는 내 얼굴을 두 손으로 잡고 나를 보았다. 나는 눈을 내리깔았다.

"아니." 그가 말했다. "네가…… 여기 있어야 해. 네 전부가. 여기에."

눈을 들어 그의 눈을 마주보자 바위를 미는 시시포스가 된 느낌이었다. 그의 눈에서 마누라자식죽어가는어머니가 보였다. 나는 눈을 깜빡이고, 다시 깜빡였고, 마침내 시야가 맑아졌다.

뒷좌석에서 안-대니얼은 내 옷을 벗기고 자기 옷도 벗은 다음 내 두 다리 사이에 얼굴을 묻었다. 나는 내 머리 뒤로 손을 뻗어 문을 움켜쥐었고 연거푸 절정에 오르며 소리를 질렀다.

안-대니얼이 콘돔을 끼우고 나를 끌어당겨 무릎을 꿇은 자세를 만들려 했을 때는 다리가 완전히 풀려 제대로 움직이지 않았다. 그는 내가 그의 맞은편을 보게 내 몸을 돌리더니 손바닥으로 내 등 중앙을 누르면서 나를 앞으로 밀었다. 그는 자기 몸으로 내 몸을 덮으며 들어왔다. 거칠었지만 불쾌하지는 않았다.

내가 생각하고 있는 걸 그도 생각하고 있는지 궁금했다. 여기 아래서 우리가, 나의 할머니가 말하곤 했듯이 발정을 하는 동안 우리 어머니들 중 누군가가 죽는다면?

그러나 뒷좌석, 또 우리의 슬픔과 우리의 욕구라는 비좁은 공간에는 죄책감이나 공포가 들어설 여지가 없었다. 오직 안도감뿐.

그리고 그것이 우리 둘 다 기진했을 때 축축한 등이 가죽 의자에 달라붙어 끈적거리는 걸 느끼며 내가 안-대니얼에게 한 말이었다.

"안도감?" 그는 얼굴을 찌푸리다 웃음을 지었다. "안도감? 그럼 내가 물건을 배달 못한* 건데."

"아니, 아니." 내가 말했다. "너는…… 할일을 제대로 했어. 물건은 배달됐어. 받았어. 하지만 질문이 있어……"

"해봐."

"우리가 여기 아래 있는 동안 저분들 가운데 하나가 죽을까봐 걱정했어?"

"그런 생각은 떠오르지도 않았는데."

---

* 할일을 제대로 못했다는 뜻.

"정말로?"

"정말로. 이봐, 나는 물건 배달을 하거나 아니면 우리 엄마 생
각을 하거나 둘 중 하나만 할 수 있어. 엄마가 죽어가든 아니든.
둘 다는 못해."

그 순간 나는 웃음을 터뜨렸다. 그러지 말았어야 할 것 같은 기
분이었지만. 어떤 것도 마땅히 그래야 하는 대로가 아니었지만.

자매에게

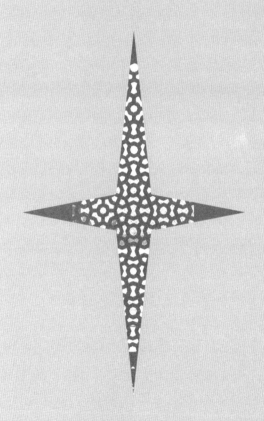

재키에게.

이 편지를 다섯 번, 다섯 가지 다른 방식으로 시작해봤어. 그러다 마침내 네가 이걸 읽거나 읽지 않거나 둘 중 하나일 거고, 내가 어떻게 쓰느냐는 대수로운 게 아닐 거라고 판단했어. 중요한 건 네가 누구냐 또 그동안 어떤 일을 겪었느냐, 그리고 네가 우리 자매들 르네, 킴바, 타셰타 그리고 나와 아버지가 같다는 것이 너에게 혹시 의미가 있다면, 어떤 의미냐 하는 거지. 어쩌면 아무런 의미가 없을 수도 있어. 어쩌면 네 인생은 우리 아버지가 없어도 그냥 괜찮았던 걸지도 모르고, 실제로 그랬기를 바라. 어쩌면 아버지가 가장 큰 의미이고, 너는 아버지를 알기를 갈망했고 또 그러지 못했기 때문에 몹시 힘들었을지도 모르지.

어느 쪽이든 너한테는 우리 아버지 월리스 '스테트' 브라운이 지난주에 위중한 뇌졸중으로 죽었다는 걸 알 권리가 있어.

우리가 아는 바로 너는 우리 아버지를 한 번도 만난 적이 없어. 아버지가 너를 마지막으로 보았을 때 너는 아기였지. 만일 그렇다면, 이게 무슨 위로가 되는지 모르겠지만, 네가 아쉬워할 건 별로 없어. (우리 막내 여동생 타세타가 너한테 그 얘기를 해주라고 하네. 우리는 모두 할머니 집에 둘러앉아 있고 모두가 동시에 말을 하고 있어. 내가 너한테 이런저런 걸 써야 한다고 말이야. 물론 나는 대부분 무시하고 있지만. 자매들이 나를 고른 건 내가 곧이곧대로 말하고 꾸며대지 않기 때문이야. 하지만 나도 눈치는 있어, 타세타하고는 달리.)

아! 혹시 궁금할지 몰라서 하는 말인데, 우리는 늘 이곳을 그냥 '할머니 집'이라고 불렀어. 할아버지도 살아 계실 때 여기 사셨는데도. 할아버지는 2002년에 심장마비로 돌아가셨어, 하느님 그의 영혼에 안식을. 너도 할아버지를 사랑했을 텐데. 모두가 그랬으니까. 늘 우스개나 재미있는 이야기를 해주는 분이었지. 좋은 분이었어, 꼭 할머니처럼. 두 분은 거리에서 또는 힘든 생활 때문에 자식 여럿을 잃고 말았지. 이런저런 식으로. 두 분은 제대로 길러보려고 최선을 다했는데도 말이야. 하지만 어떤 사람들은 그냥 자기 갈 길로 가버리잖아, 알지?

어쨌든, 스테트 얘기로 돌아가자고. 타셰타 말이 맞아. 너는 아쉬울 게 별로 없어. 스테트는—할머니만 빼고 다 '스테트'라고 불렀는데 고등학교 때 스테트슨*을 쓰고 다녔기 때문이야—스테트는 별 볼 일 없는 아빠였어. 우리 자매들과 스테트의 관계는 각기 달랐지만, 건강한 관계는 하나도 없었고 우리가 원하던 대로였던 관계도 하나도 없었어.

킴바가 맏이고 우리의 평화유지군이지. 킴바는 우리 아버지를 '월리스'라고 불렀지만 대부분은 아버지가 존재하지도 않는 셈 치고 살았어. 오랜 세월 동안 킴바는 타셰타와 르네가 서로를 목 졸라 죽이는 걸 막아주었지. 킴바는 하버드를 다녔어. 킴바의 어머니(잰)하고 우리 어머니는 원래 친구 사이였지…… 스테트가 나타나기 전에는. 하지만 킴바하고 내가 초등학교에 다니게 되자 두 사람은 서로의 입장 차이는 옆으로 밀어두고 우리를 자매처럼 함께 키웠어. 우리 엄마는 말했지. "너네 모두 언젠가 서로 필요하게 될 거야. 나하고 잰이 늘 여기 있는 건 아니거든. 그리고 네 아빠한테 의지할 수 없다는 건 지옥보다 분명하니까."

어쨌든…… 킴바는 지금 필라델피아에 살아. 남편하고 자식 둘하고. 네 조카들이지, 여자애 하나 남자애 하나. 우리 가운데

---

* 흔히 카우보이모자라고 부르는 모자.

자식이 있는 유일한 사람이고, 또 가장 조용한 사람이야. 아까 말했지만, 평화유지군이지. 킴바는 르네가 소식을 알리자마자 비행기로 내려왔고, 지금 할머니를 돕고 있어. 하지만 사실은 얼른 이곳에서 벗어나 자기 생활로 돌아가고 싶어한다는 걸 알 수 있어.

할머니 얘기가 나와서 말인데…… 알츠하이머가 완전히 자리를 잡은 건 아니라고 생각하지만, 그리로 가는 중이긴 해. 우리 이름을 늘 기억하지는 못하는데 막내아들이 죽은 건 알아. 그리고 슬퍼하지. 울다 말다 하고 계셔. 일흔다섯인데 남편과 한 명을 제외한 자식 전부가 먼저 갔어. 하나 남은 자식인 버드 삼촌은 할아버지가 죽었을 때부터 이 집으로 들어와 할머니를 보살피고 있어.

지난주에 킴바가 도착한 뒤 우리는 할머니 집에서 만나 저녁을 먹었어. 할머니 이웃과 교회 사람들이 음식을 갖다주고 갔어. 며칠 먹을 음식이 쌓였지. 프라이드치킨, 베이크드치킨, 마카로니 앤드 치즈, 푸른 채소, 데블드 에그*, 감자샐러드, 광저기 밥, 파운드케이크.

---

* 삶은 달걀을 세로로 자르고 노른자위를 마요네즈 따위와 섞어서 흰자위에 넣은 요리.

그렇게 거기 앉아 먹고 어쩌고 하는데 할머니가 이러는 거야. "너희 모두 가운데 임신한 게 누구야?" 할머니는 닭다리를 지시봉처럼 휘둘렀어. "이번주에는 거의 매일 밤 물고기가 꿈에 나온단 말이야."

우리는 줄곧 할머니의 물고기 꿈 얘기를 듣고 살았어. 자식 일곱에 손주 열아홉(너 포함), 증손주 여덟, 고손주 셋이니 물고기 꿈을 많이도 꾸셨지.

"여기 누가 임신을 했는데." 할머니가 중얼거렸어.

르네, 킴바, 나는 그냥 서로 마주보다가 고개를 저었어. "우린 아니야, 할머니." 르네가 말했어. (타셰타는 아직 도착 전이었어. 그애는 늘 늦거든.)

어쨌든…… 할머니는 물고기 꿈으로 자식, 손주, 증손, 고손의 탄생을 하나하나 알렸어. ("칼릴만 빼고." 할머니는 늘 그 말을 빼놓지 않아. "데릭은 아기가 태어나고 두 주나 지나서야 그 여자애를 데리고 왔잖니. 그런데 말이다, 그애는 배짱도 좋게 내 앞에서 삐죽거리더라니까. 내가 아기를 신발도 안 신기고, 모자도 안 씌우고, 아무것도 없이 그렇게 빨리 데리고 나다니는 게 아니란 얘기를 했다고 말이야. 6월이라 해도 마찬가지거든." 1986년 6월 얘기지만 할머니는 지금도 마치 어제 일처럼 그 여자애와 그 아기 얘기를 해. 칼릴은 이제 열아홉이고 벌써 아빠가 되었는데도!)

할머니가 물고기 꿈을 꾸면 할머니 삶 속의 누군가가 속에서 아기를 굽고 있는 거야. 다들 할머니가 딱 한 번밖에 안 틀렸는데, 그건 그때 할머니가 당뇨병 합병증으로 병원에 계셨고 아마 아파서 개꿈을 꾸신 걸 거라고 해. 하지만 재키, 내가 우리 자매들만 아는 비밀을 하나 얘기해줄게. 나는 그 말이 사실이 아니란 걸 알고 있었어. 하느님 눈앞에서 한 낙태 때문에 느꼈던 죄책감보다 가족의 눈앞에서 할머니의 기록을 망친 데 대한 죄책감이 더 크더라고. 십오 년이 지났는데, 할머니는 아직도 "당뇨병이란 게 의사들이 아는 것보다 훨씬 더 나쁜 거"라고 불평을 해. "사람 꿈이나 엉망으로 만들고 말이야." 하지만 할머니한테 내가 한 일을 말할 엄두는 안 나.

하지만 이번에는, 임신을 한 게 정말로 나는 아냐. 내가 아니란 걸 분명하게 아는 건 거의 일 년 동안 누구하고 함께한 일이 없기 때문이야. 남자를 만나봐야 피곤하기만 하고 나는 그걸 감당할 기운이 없거든. 너 결혼했니? 애는 있어?

어쨌든…… 어쩌면 우리 사촌 가운데 하나, 아니면 육촌 가운데 하나? 아니면 타셰타. 하지만 그애는 그 데포 주사*를 맞으니

---
* 주사로 맞는 피임약.

까……

　누가 임신하지 않았는지는 확실하게 알아. 우리 자매들 중에 가운데인 르네야. 그애는 아마 지금도 처녀일 테니까. 스테트 문제에서 우리 가운데 단연코 가장 망상이 심한 애야. 그애는 나하고 아버지 어머니가 다 같아. (이런 생각 하고 싶지는 않지만 우리 엄마는 스테트 문제에서 두 번이나 똑같이 바보짓을 했다고 느꼈을 것 같아.) 하지만 르네하고 나는 다른 공통점은 별로 없어. 예를 들어 스테트와의 문제도 그래. 초등학교 다닐 때 르네는 늘 사람들한테 스테트와 엄마가 결혼한 사이라고, 스테트가 매년 우리를 데리고 바하마제도 유람선 여행을 간다고, 스테트가 크리스마스에 바비 드림하우스를 사주었다고 이야기하고 다녔어. 매년 무슨 큰 선물을 준다고 했지. 어쨌든 스테트가 매년 바하마제도 유람선 여행을 간 건 맞아—자기 여친들하고. 하지만 우리한테는 한 번도 선물을 사주지 않았어. 우리가 스테트한테 기대할 수 있는 건 지키지 않는 약속, 양육비 연체(주면 다행이었지만), 할머니 집에서 보내는 여름뿐이었어. 그 여름이 내가 스테트에 관해 말할 수 있는 유일하게 좋은 거였는데, 사실 그것도 스테트하고는 상관없었어. 우리가 거기 있는 내내 그 사람은 거리에 나가 있었으니까.

　하지만 그 어떤 일에도 르네는 당황하지 않았어. 그애는 매년 생일, 매년 아버지의 날, 매년 크리스마스마다 그 사람한테 줄 카드와 선물을 샀어. 마치 그 사람이 '올해의 아버지'나 뭐가 되기라도 하는 것처럼. 엄마는 나도 그 사람한테 뭘 주고 싶으냐고 묻곤 했어. 아니요, 어머니. 나는 그냥 그렇게만 말했어. 아니요, 어머니.

따라서 타세타와 나, 우리는 줄을 선다고 하면 킴바와 르네 사이 어딘가에 들어가. 아버지가 생일이나 크리스마스에 뭔가를 줄 거라고 기대하지는 않지만, 그래도 안 주면 늘 미칠 듯이 괴로워하는 딸의 연옥에 있는 셈이지.

언젠가 아버지의 날에 르네와 나는 할머니와 함께 교회에 있었어. 르네는 열 살, 나는 열세 살이었지. 스테트는 할머니한테 교회에 오겠다고 약속을 했어. 늘 말로는 할머니한테 교회에 오겠다고 약속을 했지. 르네와 나는 성소의 오른쪽 앞에서 두번째 줄의 할머니 양옆에 앉아 있었어. 할머니가 늘 앉는 곳이지. 르네는 연신 고개를 돌려 교회 뒤쪽의 문을 봤어. 그애는 스테트가 언제라도 그리로 들어올 거라고 생각하고 있었던 게 분명해. 그애는 선물을, 스테트를 주려고 사서 크리스마스 포장지에 직접 싼 양말 한 묶음을 쥐고 있었지. 목사의 설교는 끝나갔고 르네는 계속 돌아보고 또 돌아봤어. 할머니가 르네의 무릎을 두드리다 꼭 끌어안아주셨어. 그래도 계속 돌아보더라고.

이윽고 제단의 외침* 시간이 되어 누구든 예수님을 마음에 영접하고 싶은 사람은 앞으로 나오라고 권했어. 그다음에는 아버지들은 다 나와서 자식들에게 자신의 인생을 바치겠다고 약속하거나 다시 한번 약속하라고 말했어. 르네는 앞으로 나가서 제단에 무릎을 꿇고 자식들에게 좋은 아버지가 되겠다고 약속하는 그 모든 남자를 지켜봤어. 그런 뒤에 마지막으로 한 번 뒤를 돌아보았고, 그애 눈에서 눈물이 흐르기 시작했어.

교회에서 나가는 길에 르네는 양말을 쓰레기통에 던졌어. 그날 내가 그애한테서 그 고통을 없애줄 수 있었다면 그렇게 했을 거야. 하지만 그럴 수가 없었어. 내가 할 수 있는 말은 하나뿐이었지. "그 인간은 우리를 가질 자격이 없어." 우리 엄마가 스테트를 두고 그렇게 말하는 걸 들은 적이 있었거든. 나는 그 말이 진실이라는 걸 알고 있었어—그 사람은 우리를 가질 자격이 없다. 하지만 르네는 그렇게 믿은 적이 없었다고 생각해. 자기가 무엇을 가질 자격이 있는지, 자신이 어떤 가치가 있는지 배운 적이 없었다고 생각해.

---

* 목사가 신도를 향하여 그리스도에게 생애를 바치는 결의를 표명하라고 외치는 것.

—

자, 쓰다가 잠깐 멈추어야 했어. 한 접시 더 가져왔거든. 오래 전 교회에서 맞이한 그 아버지의 날을 생각하다보니 너의 아버지의 날은 어땠는지, 또다른 모든 날은 어땠는지 궁금해졌어. 아버지가 없다는 큰 상처를 한 번 받고 아버지가 실망을 줄 때마다 받는 그 모든 작은 상처를 받지 않는 게 나을까? 아니면 아버지의 한 조각을 가지고 있는 게 나을까, 상처를 받든 어떻든?

글쎄, 그렇다고 애초에 우리 가운데 누가 선택한다든가 그럴 수 있었던 건 아니지만. 그래도 지금 아버지한테 얼마나 많은 공간을 줄지는 결정할 수 있잖아.

정말이지 이 편지 때문에 네가 더 힘들어지지 않기를 바라. 애초에 너한테 연락을 하는 건 우리 생각이 아니었어. 자라면서 여기저기서 이런저런 이야기를 듣다 자매가 한 명 더 있다는 이야기도 들었지만 우리는 됐다 하고 전혀 관심도 없었어. 하지만 며칠 전에 여기 다들 앉아 있는데 할머니 이웃인 미스 마거릿이 고구마파이를 들고 들렀어.

와서 이러는 거야. "너네 자매가 또하나 있지 않았어…… 뚱뚱한 애?"

우리는 무슨 소리를 하는지 알 수가 없었어.

"그 아이가 몇 년 전에 여기를 찾아왔더라고. 북쪽 출신 남자하고 결혼을 했던데."

"오, 그건 저예요, 미스 마거릿." 킴바가 말했어. "남편이 필라델피아 출신이에요. 그리고 지난번에 여기 왔을 때 임신중이었고요."

"아니, 너는 그냥 뚱뚱했지. 너 임신했을 때는 내가 기억해."

맹세하는데, 나이든 사람들은 줄곧 되지도 않는 똥 같은 소리를 해대지. 우리가 자기들을 어쩌지 못한다는 걸 알기 때문에. 킴바는 "이년이 이러는 게 실화야?" 하는 표정으로 나를 보기만 했어.

미스 마거릿은 계속 주절거렸어. "너네 같은 애가 또하나 있는데…… 스테트가 낳은 또다른 딸이."

"우린 한 번도 만난 적이 없는데요." 르네가 말했어. 말이 좀 빠르게 나간 거지.

"글쎄다, 그애도 알 권리가 있지." 미스 마거릿이 말했어. 그 여자는 할머니를 돌아보았어. "그애도 알 권리가 있다고 생각하지 않아, 메이?"

할머니는 파이 조각에서 고개를 들었어. "누구?"

미스 마거릿이 고개를 저었다. "됐어요."

그때 타셰타가 들어왔어. 큰 소리로 전화를 하면서, 평소처럼.

"이 아가씨야!" 그애는 누군가에게 말하고 있었어. "그 자식한테 넌 독심술을 모른다고 해. 네가 아래로 내려가길 바라면 말을 하라고. 다문 입에는 머리를 대줄 수 없잖아!*" 그러고는 자기 말장난에 웃음을 터뜨렸어. "진지하게 하는 말이야…… 봐. 이런 말이 있잖아. '뒤처지는 아이가 없어야 한다.'** 나는 이래. '물 못 뺀 깜둥이가 없어야 한다?'"

"타셰타!" 르네가 테이블에서 벌떡 일어났어. "역겨워. 예의 좀 지켜."

타셰타가 펼친 손바닥을 르네의 얼굴에서 몇 인치 떨어진 곳에 대고 있었어. 묵살. 그애는 여전히 병원 수술복을 입고 있었고, 마이크로브레이드***를 위로 올려 둥글게 말고 있었지.

미스 마거릿은 오만하게 턱을 치켜들었어. "주 예수여, 저를 여기서 일어나 나가게 해주소서. 메이, 나중에 이야기해요. 몸조심하시고."

타셰타가 전화를 끝내고 할머니 뺨에 키스했어. "안녕, 할머니."

"저 입이 어디 닿았다 온 건지는 주님만 아시겠지." 미스 마거

---

* 다문 입에는 먹을 걸 줄 수가 없다는 속담을 비튼 말.

** 2000년대 초 미국 교육 정책 슬로건.

*** 아주 가늘게 여러 갈래로 땋은 머리.

48

릿이 문밖으로 나가면서 중얼거렸어.

"들러주셔서 감사합니다, 미스 마거릿." 킴바가 앞쪽 포치로 따라 나가며 말했어. "파이도 감사해요. 토요일 예배 때 뵙겠습니다."

이 장면이 타셰타에 관해 네가 알아야 할 모든 걸 대충 다 말해주는 셈이야. 그래, 이거하고 그애가 그애의 유부남 남친 가운데 하나와 막 오 주년을 기념했다는 거하고.

킴바가 타셰타한테 물었어. "월리스가 또다른 딸 이야기를 한 게 기억나?"

르네가 씩씩거렸어. "자, 할머니, 목욕물 받아줄게. 시간이 늦었네."

타셰타는 마카로니 앤드 치즈를 씹으면서 킴바의 질문을 생각했어. 조리용 접시에서 바로 떠먹고 있었지. "아니." 타셰타가 말했어. "떠오르는 게 없는데."

"미스 마거릿은 우리가 그 아이한테 연락해야 한다고 생각해. 하지만 우리는 그 아이에 관해 아무것도 모르는걸."

"버드 삼촌한테 물어봤어?"

타셰타는 제멋대로이지만 똑똑하기도 해. 그애 엄마는 예전에 스트리퍼였지만 타셰타가 계속 책을 놓지 않게 하고 우리 나머지와 마찬가지로 대학까지 가게 했어. 타셰타는 간호사야, 킴바는 교수고, 르네는 유치원 선생이고, 나는 비영리 사회복지 사업체의 프로그램 책임자야. 너는 뭘 해?

그래서…… 내가 나서서 버드 삼촌(진짜 이름은 버트)*한테 물어봤어. 버드는 어릴 때 스테트하고 함께 쓰던 방에 돌아와 있었거든. 울어서 눈이 빨갛더라고. 스테트가 세상을 떠난 것에 정말로 충격을 받았어. 큰형이자 절친이었으니까.

버드 삼촌은 네 이름을 기억하지 못하고, 네 엄마 이름도 성은 모르고 이름만 기억하더라고. 하지만 네 엄마가 할머니 집에 몇 번 왔었던 건 기억난다면서 네가 아기 때 한 번 봤다고 하더라고.

"너희 아빠는 남달랐어." 버드 삼촌은 말했어. 자기가 예전에 쓰던 트윈베드 가운데에 몸을 쭉 뻗고 누워 있었지. 나는 스테트의 침대에 앉았어. "어떤 것도 형의 눈을 피할 수는 없었어. 알다시피 내가 그 시절에는 지저분한 일에 손을 대곤 했지. 그러면 형이 다그치는 거야. 한번은 어떤 애들하고 함께 앉아서 마시고 있었어. 나는 마이애미에서 어떤 일을 좀 하다가 막 돌아와 있었는데 무슨 일인지는 말하지 않았지. 스테트가 테이블 맞은편에서 손가락으로 나를 가리키며 말하는 거야. '깜둥이가 마이애미

---

* 버드(Bird)는 새라는 뜻으로 이름이 버트(Bert)이기 때문에 붙은 별명으로 보인다.

까지 차를 몰고 가는 데는 두어 가지 이유밖에 없어…… 약을 사거나 애들을 보거나 아니면 애들을 더 만드는 거.'"

버드 삼촌은 웃음을 터뜨렸어. "그래서 내가 말했지. '어이 깜둥이, 설마 누구한테 애가 잔뜩 있다고 잔소리를 하려는 건 아니겠지. 내가 아는 니미씨발놈 가운데 자기 애를 스페이즈 게임 패처럼 얘기하는 사람은 형이 유일한데 말이야." 버드 삼촌은 아버지의 느리게 끄는 말투를 흉내냈어. "어어어어…… 나는 다섯은 확실하고 혹시 하나 더 가능할 수도."*

우리 둘 다 웃음을 터뜨렸어. 그러더니 버트 삼촌은 다시 우는 거야. 애도란 게 그런 거지. 삼촌은 스테트만 잃은 게 아냐. 다른 형과 누이 네 명도 잃었지, 모두 너무 빨리. 마약에, 폭력에, 또는 둘 다에. 우리는 고모와 삼촌들을 제대로 알 기회도 없었어.

식탁으로 돌아가니 타셰타가 자기하고 킴바가 마실 테킬라를 따르고 있었어. 타셰타는 가서 잔 하나를 더 가져와 나도 한 잔 따라줬어.

르네가 너를 찾고 싶어하지 않았다는 걸 안다 해도 아마 놀라지는 않겠지. (또 그애가 테킬라를 보고 경멸하는 표정으로 오

---

* 스페이즈는 카드 게임의 일종. 스테트의 말은 자신이 딸 수 있는 판을 말하는 방식으로, 다섯 판은 이길 수 있고 한 판을 더 이기는 것도 가능하다는 뜻.

만하게 턱을 치켜든다 해도.) 그애는 네가 어쩌면 스테트가 돈을 좀 남겼다고 생각해서 냄새를 맡으러 올지도 모른다고 말했어. 그래서 내가 스테트는 죽을 때 오줌을 눌 요강 하나도 그걸 내던 질 창문 하나도 없었다는 점을 잊지 말라고 했지. 너도 그애는 신경쓰지 마. 말했잖아, 망상이 있다고. 이렇게 세월이 흘렀는데 도 그애는 여전히 아빠한테 푹 빠져 있는 딸이야. 전에는 매주 그 집에 가고 그 사람을 위해 식료품점에 들르고 먹을 걸 만들 어주곤 했어. 금요일 밤에는 거기서 노인네처럼 텔레비전을 봤 지. 그 사람이 욕실 바닥에 쓰러져 죽은 걸 발견한 것도 그애야. 남자를 사귀기는 하냐고 내가 물은 적이 있어. 자기는 결혼을 전 제로 교제하는 건 믿지만 잠깐 사귀는 건 믿지 않는다고 하더라 고. 또 언젠가는 하느님이 자기를 위해 선택한 남자가 자기를 찾 을 거래. 하지만 그애는 직장하고 스테트의 집 빼고는 아무데도 안 가는데 그 남자가 어떻게 그애를 찾을지 궁금했어. 케이블 텔 레비전 설치하는 남자나 스테트 건물 관리인이 하느님이 선택한 남자가 될 수도 있다고 생각했던 걸까?

거기서 술을 홀짝이고 있는데 타셰타의 전화가 울렸어. 킴바 는 흘긋 전화기를 내려다보고 발신자 이름을 읽었어. "직장直腸 광팬? 타셰타, 세상에 도대체?"

타셰타는 전화기를 얼른 집어들었어. "신경 끄셔!" 그애는 거실로 들어가 다시 큰 소리로 대화를 이어갔어.

르네는 기절할 것 같은 표정이었어. 킴바하고 나는 그냥 한 잔 더 했고.

타셰타가 식사실로 돌아왔을 때 르네는 여전히 기절할 것 같은 얼굴이었어. "타셰타, 자기 존중은 전혀 없다 해도 최소한 다른 사람의 신성한 결혼은 존중해줘야지." 타셰타는 한 잔 더 마셨어. "결혼은 존중해주지." 그애는 잔을 테이블에 쾅 내려놨어. "그쪽에서 내가 존중해주기를 바랄 때까지는."

킴바는 낄낄거렸고, 나도 참지를 못했어. 우리 모두 와자하게 웃음을 터뜨렸지―물론 르네는 빼고.

"두 사람은 저애 행동을 용납하는 거야?" 르네가 물었어.

테킬라에 느슨해진 킴바가 말했어. "내가 용납하고 말고 할 문제가 아니야. 타시는 이제 엉덩이가 다 큰 여자야."

"애쓸 거 없어, 킴바." 타셰타가 말했다. "언니가 여기 없으면 나는 저 내가-너보다-거룩하다 아가씨는 알은체도 안 해."

"당면한 문제로 돌아가서……" 르네가 말했어. "버트 삼촌이 그 다른 아이 이름을 기억하지 못하는 게 잘된 거야. 모든 일에는 이유가 있어."

"예수 그리스도여, 맹세하는데 네 모어母語는 '클리셰'야."

"감히―"

"—주님의 이름을 함부로 들먹이다니, 어쩌고저쩌고. 네 혈육인 아빠가 네가 바라던 똥이 아니었다는 이유로 네가 상상의 백인 아빠한테 매달리고 있다는 걸 알고 있어? 근데 그거 알아? 네 상상의 백인 아빠도 네가 바라던 똥이 아니라는 거. 만일 바라던 똥이라면 너한테 염병할 조금이라도 가치가 있는 진짜 아빠를 주었을 테니까 말이야."

르네는 깊은숨을 들이쉬고 타셰타에게 등을 돌리더니 우리 나머지를 향해 말했어. "내가 말한 대로, 이건 잘된 거야. 어차피 그애는 사실 우리 가운데 하나도 아니고."

"우리 가운데 하나?" 타셰타가 웃음을 터뜨렸어. "우리가 도대체 누군데? 간신히 법적 연령을 넘긴 여자애들을 따먹고 자식은 내팽개치는 늙은 깜둥이를 아버지로 두고 있는 한 무리의 여자들일 뿐이잖아. 그 아이는 분명히 우리 가운데 하나야."

"내 말은"—르네가 다시 타셰타를 마주하려고 몸을 휙 돌렸어—"그애는 우리처럼 우리 아버지를 알지 못한다는 거야. 그리고 너는, 설사 아버지가 살아 계실 때는 존중하지 않았다 해도 적어도 죽은 사람은 좀 존중해야지."

타셰타가 말을 하려고 입을 열었으나 킴바가 잘랐어. "각자 자기 코너로, 숙녀분들. 너희는 내 신경을 끝까지 긁어대고 있어." 그녀는 관자놀이를 문질렀어.

타셰타가 낄낄거렸어. "이보세요 아가씨, 언니 머리는 그냥 테킬라 때문이야."

르네가 말했어. "성서는 말씀하셔, '네 아버지와 네 어머니를 공경—'"

"네 아버지를 공경해?" 타셰타가 고함을 질렀어. "그 씨발놈이 언제 너를 공경한 적이 있어? 아니면 나를? 아니면 킴바를? 아니면 니셸을? 아니면 하잘것없는 자기를 제외한 어떤 누구라도? 나는 똥은 공경하지 않아."

"신성모독을 하다니!" 르네가 소리를 지르고 귀를 막았어.

타셰타가 웃음을 터뜨렸어. "씨발 지금 나랑 장난하자는 거야?"

"너희 둘 다!" 킴바가 작지만 날카로운 목소리로 말했어. "가만히 있어. 할머니하고 버드 삼촌이 쉬고 계시잖아."

르네가 목소리를 낮추었어. "한 가지는 분명히 해둘게. 장례식에서는 소동을 부리지 않는 게 좋을 거야."

타셰타가 고개를 삐딱하게 기울였어. "아니면 뭐?"

(혹시 관심 있을지 모르겠는데 타셰타가 우리 가운데 싸움을 할 줄 아는 유일한 아이라는 걸 알아둬. 킴바라면 상대가 졌다고 말할 때까지 토론을 할 거야. 르네는 너를 위해 기도하겠지. 그리고 나는 그냥 멀리서 똥 같은 소리나 잔뜩 해대고.)

"아니면…… 아니면 사람을 붙여 너를 교회에서 내보낼 거야."

"그래, 좋아. 어디 그렇게 되나 보자고."

"진심이야, 타셰타. 장례식은 죽은 자를 공경하고 산 자를 위로하는 거야. 그 점을 인정할 수 없다면 오지 말아야 해."

"잘 들어, 네가 이 일을 책임지고 있고 네가 그 사람이 제일 좋아하는 자식이었다고 생각하고 뭐 그런 건 다 알아. 그건 마음대로 해. 하지만 나한테 이래라저래라하지 마. 여기에선. 이 똥. 저 똥. 하지 마." 타셰타는 마지막 문장의 한 마디 한 마디에 손뼉으로 마침표를 찍었어.

"이제 휴전 선언해도 돼?" 킴바가 물었어.

"아니!" 타셰타와 르네가 말했어.

"르네," 내가 말했어. "우리가 무슨 위대한 왕조이고 스테트가 무슨 족장이라도 되는 것처럼 굴지 좀 마. 그리고 성서를 인용하려거든 다 인용해. '네 아버지와 어머니를 공경하라. 이것은 약속이 있는 첫 계명이니 이로써 네가 잘되고 땅에서 장수하리라.'* 아가씨, 나도 알겠어. 너는 천국에서 그 면류관을 얻으려는 거지. 그리고 너는 그 사람이 너를 똑같이 사랑해주기를 간절히 바랐어. 어쩌면 그 사람이 진짜로 그랬는지도 몰라. 하지만 우리

---

* 성경 인용은 개역 성서에서 가져오되 필요에 따라 약간 수정했다.

나머지는 네가 원했던 걸 원치 않았고 네가 그 사람에게서 얻은 게 뭐라고 생각하든 그걸 얻지도 않았다는 사실을 존중해줘."

르네는 팔짱을 끼고 울기 시작했어. 그애가 그 아버지의 날에 교회에 있던 그 열 살짜리 아이와 너무 비슷해 보여서 나는 하마터면 물러설 뻔했어. 하마터면.

"그리고," 나는 말했어, "진짜로 진짜 그대로 해보자고 한다면 다음 절은 이거야. '또 아비들아 너희 자녀를 노엽게 하지 말고 오직 주의 교훈과 훈계로 양육하라.'"

"다른 말로 하면," 타세타가 말했어, "네가 성경으로 그 사람 머리를 때릴 게 아니라면 좆도 그 문제에서는 나를 가만히 놔두란 말이야."

"그리고 너……" 나는 타세타 쪽을 바라보았어. "우리가 그냥 어떤 자식을 내팽개치는 인간의 애들인 것만은 아니야. 우리는 자매야. 우리가 늘 잘 지내지는 못했지만 늘 서로 뒤를 받쳐주었어. 나는 교회에서 검은 옷을 입고 앉아 있을 거지만 그건 그 사람이 무슨 훌륭한 아버지라서가 아니야. 그렇지 않았다는 건 우리 모두 잘 알아. 내가 그러는 건 할머니와 버드 삼촌과 르네와 킴바와 네 지저분한 엉덩이를 사랑하기 때문이야. 우리는 스테트를 통해 연결되어 있을 뿐이지만, 그래도 우리의 인생 전체를 함께했잖아, 그 99퍼센트는 그 사람 없이. 우리는 이 집에서 여름

한철을 보내면서 온종일 그 조그만 엉덩이 같은 앞마당에서 놀았어. 할머니가 우리를 문밖으로 나가지 못하게 해서. 기억나?"

킴바와 타세타는 고개를 끄덕이더니 깔깔거리기 시작했어. 심지어 르네도 미소는 지었지.

킴바가 말했어. "기억나? 우리가 놀다 들어오면 버드 삼촌은 말했지. '엠병, 니들 모두 염소떼 냄새가 나!'"

"그러니까 할머니가 자기 집에서 욕을 한다고 둘둘 만 신문지로 버드 삼촌 등짝을 후려쳤지?"르네가 말하며 타세타 쪽으로 눈알을 굴렸다.

우리는 조금 더 웃다가 정말 오랜만에 조용히 앉아 있었어, 기억을 되살리느라고. 좋은 때와 가까웠던 때가 있었지. 할머니 집에서 보내던 그 여름들. 학기중에 서로의 집에서 밤을 보내고. 옷을 바꿔 입고. 디즈니 월드에 가고. 남자애들 때문에 걱정하고. 각자 어머니에 대해 불평을 하고. 서로의 머리를 만져주고. 졸업 댄스파티. 졸업. 킴바의 결혼.

스테트는 그 어느 것과도 관계가 없었어. 그 사람은 주는 것 없이 가져가기만 했기 때문에 우리에게 애도할 것을 남기지 않았어.

타세타가 정적을 깼어. 일어서서 집에 가져갈 걸 접시에 담더라고. "아침에 일해야 돼. 갈게." 타세타가 말했어. 그애는 열쇠와 핸드백을 집어들고 르네를 제외한 모두와 작별의 포옹을 했어.

이 지점에 이르면 너는 이 상황이 제대로 엉망이라고 생각해서, 세상이 무너져도 우리하고는 엮이고 싶어하지 않을지도 모르겠어. 하지만 이건 약속할 수 있어. 우리는 네가 바랄 수 있는 최고의 자매야. 그다음에 일어난 일을 이야기해줄게.

다음으로 우리가 모두 함께 모인 건 장례식장에 리무진을 타고 갈 때였어. 르네는 우리 자매 모두를 리무진 한 대에, 그리고 할머니, 버드 삼촌, 킴바의 남편과 애들을 다른 리무진에 태웠어.

르네와 타셰타는 여전히 한창 냉전중이었지만, 그래도 이건 냉한 전쟁이었지. 타셰타는 장례식 아침에 등이 다 드러난 검은 드레스에 높은 굽이 달린 투명한 힐*을 신고 나타났지만, 르네가 자기 차 트렁크에서 꺼내온 블레이저를 입는 데 동의했어.

장례식은…… 장례식이었지. 르네, 할머니, 버드 삼촌은 울었어. 킴바 애들은 가만히 있지를 않았고. 그래서 애들 엄마는 과자로 애들 마음을 잡으려 했어. 내 어머니는 신도석 맨 뒤에 앉았어. 내 눈으로 본 건 아니지만 엄마가 그런다고 했거든. 아버지 스테이트에 관해서는 아무것도 모르는 스테이트의 친구 무리가 일어서서 스테이트가 얼마나 훌륭한 친구였는지 이야기했어. 성가

---

* 성매매 여성이 흔히 신는 것으로 알려져 있다.

대가 노래를 두 곡 불렀고. 목사는 나의 할머니와 할아버지가 자식들과 자식의 자식들의 삶을 보호해준 덮개로서 충실했다고 얘기했는데, 내 생각으로는 그게 그분이 말할 수 있는 최대치였어. 그런 뒤에 목사는 수십 년 동안 교회 문간에 얼씬거린 적도 없는 사람의 장례식 때 목사들이 늘 하는 말을 했어. 애도하는 사람들에게 그들 자신도 피할 수 없는 죽음에 대해, 그리고 예수와 제대로 관계를 맺지 않으면 그들이 영원을 보낼 가능성이 큰 장소가 어디인지에 대해 일깨워줬지.

나는 오래전 제단의 외침 때 예수와 제대로 관계를 맺었으니 그 점에서는 기본적으로 열외인 셈이었지. 또 나는 스테트와 오래전에 화해를 하기도 했어. 나는 그 사람이 아버지가 되기를 기대하는 걸 그만두었고 그 사람도 내가 르네가 되기를 기대하는 걸 그만두었지. 예배가 끝나고 안내원이 우리를 성소에서 밖으로 안내할 때 나는 어서 나가고 싶은 마음뿐이었어.

묘지에서 관이 땅속으로 내려가는 동안 우리 자매들은 할머니와 버드 삼촌 둘레에 모여 있었지. 모두 흩어져 교회로 식사를 하러 돌아간 뒤에도 나는 무덤 옆에 서 있었어, 혼자서. 아직 사람들과 함께 있을 준비가 되지 않았거든.

하지만 물론, 흑인은 절대 사람을 혼자 두는 법이 없지. 턱살이 처지고 머리가 잿빛인 연한 피부의 남자가 다가오더니 내 옆에

섰어. "가족을 잃다니 참 안타까운 일이야." 그가 말했어.

"고맙습니다."

"나는 네 아빠 친구였어. 나는 촌시야." 촌시는 내 얼굴에서 알아보는 표정이 나타나기를 기다렸어. 그런 게 전혀 없자 나한테 대고 손가락을 흔들며 계속 말을 하더라고.

"그러니까, 네 아빠는 늘 네 얘기를 했어. 네 자랑을 엄청나게 했지. 학교에서 늘 전부 A만 받는다고. 대학에 갈 거라고 등등. 예일에!"

"그건…… 제가 아니에요. 킴바 언니예요. 언니는 하버드에 갔죠."

"아, 그렇군, 그러니까, 너네 모두 네 아버지에게 자식 자랑을 하게 해줬어…… 아무렴, 음음음 음음음 음음음! 스테트가 정말 아름다운 딸들을 뒀구먼." 촌시는 내 어깨를 손으로 만지작거렸고 나는 그의 손길에 몸서리를 쳤어. 그도 분명히 그걸 느꼈을 텐데 그래도 계속 만지작거렸어. 정장 재킷의 직물 아래서 내 피부가 축축해졌어.

"정말 아름다운 아가씨들이야." 그가 말했어.

촌시의 말이 칭찬으로 인식되기까지 몇 초가 걸렸어. 그다음에 이 상황과 그의 손이 내 몸 위에서 뭉그적대는 방식을 고려할 때 그것이 매우 부적절한 칭찬임이 인식되는 데 또 몇 초가 걸렸지.

"그래서 이따가는 뭐하나?" 그가 물었어.

나는 몸을 뺐어. 눈을 가늘게 떴어. 어떻게 이런 일이 있을 수가. "오 초 줄 테니까 씨발 나한테서 떨어져." 나는 말했어. "아니면 소리를 질러서 삼촌을 여기로 불러 당신 몸뚱어리를 밟아 진창구덩이로 만들어버릴 거야. 다섯……"

촌시는 뒤로 물러섰어.

리무진에서 나는 조용히 있었어. 다들 그냥 그날의 무게가 나를 누르고 있다고 생각하겠거니 했어. 하지만 타셰타는 아니었어. 그 아가씨는 똑똑하다고 했잖아.

"니니, 무슨 일이야?"

나는 침을 삼키고 방금 있었던 일을 이야기했어.

"이런, 쌍, 안 돼." 르네가 말했어. "그런 니미씨발놈이……" 우리 모두 르네를 물끄러미 바라보았어.

식사를 할 때 나는 할머니, 버드 삼촌, 킴바와 그 무리, 나의 어머니와 함께 앉았어. 교회 여신도들이 우리한테 음식이 잔뜩 쌓인 접시와 프루트펀치 컵을 갖다줬지.

옆 테이블에 타셰타가 촌시 건너편에 앉아 미소를 지으며 고개를 끄덕이는 게 보였어. 내가 잠깐 들은 바로는 다시 스테트의 아름다운 딸들 얘기를 하고 있었지. 르네가 그들 쪽으로 가서 음식 접시와 펀치 컵을 촌시 앞에 놓았어. 그는 계속 이야기를 했고 르네와 타셰타는 계속 미소를 지으며 고개를 끄덕였지.

그러다 촌시가 프루트펀치를 한참 들이켰어.

그리고 비명을 질렀지.

그는 자기 목을 손톱으로 긁었어. 갑자기 땀을 흘렸고 눈에는 눈물이 잔뜩 고였어. 여신도 몇 명이 도우려고 달려갔어. 르네와 타셰타는 접시를 들고 미끄러지듯 움직여 우리 테이블로 오더니 자리에 앉아 계속 먹었어.

"촌시는 왜 저래?" 버드 삼촌이 물었어.

"치킨에 핫소스를 너무 많이 넣었나보죠 뭐. 아니면 다른 거거나." 르네가 말했어. "할머니, 뭐 좀 갖다드려요?"

"오, 아니다, 아가." 할머니가 말했어. "괜찮아. 여기서 누가 임신한 건지만 알면 돼. 물고기 꿈을 계속 꿔서 말이야……"

긴 하루였어.

그리고 이건 긴 편지였지. 하지만 우리는 네가 스테트가 죽었다는 것만 알기를 바라지는 않았어. 우리도 알기를 바랐어. 르네까지도. 그애 역시 달라질 거야. 버드 삼촌이 마침내 네 어머니의 성을 기억하자 르네는 약간 샐쭉해졌지만 그래도 너에 관해서는 우리와 똑같이 호기심을 느꼈어.

그리고 킴바 말이, 혹시 필라델피아에 들르면 알려달래. 우리 주소하고 전화번호는 모두 아래 적었어.

그리고 버드 삼촌은 자기 마음에는 조카를 하나 더 들여놓을 자리가 있다고 전해달래.

나도 내 마음에 자매를 하나 더 들여놓을 자리가 있어.

마지막으로 타셰타는 네가 갈색 술과 흰색 술 중에 어느 쪽을 더 좋아하는지 알고 싶대.

너의 자매,
니셸

추신. 할머니는 네가 임신했는지 알고 싶어해.

복숭아 코블러

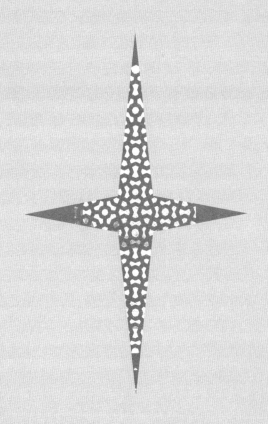

어머니의 복숭아 코블러는 너무 훌륭해서 다름 아닌 하느님
도 자기 부인을 속이고 바람을 피우게 했다. 나는 다섯 살 때 부
엌에서 얼쩡거리며 어머니를 지켜보았는데 가까이서 꼼꼼하게
살펴봤기 때문에 여섯 살 때는 재료와 순서를 모두 외울 수 있었
다. 하지만 어머니가 방해된다고 소리를 지를 만큼 가까이 가지
는 않았다. 각 재료의 분량을 가늠할 만큼 가까이 가지도 못했
다. 어머니는 절대 조리법을 써놓지 않았다. 어머니가 뭐라 하지
않아도 나는 그 코블러에 관해서는, 또는 하느님에 관해서는 질
문을 하지 않게 되었다. 하느님이 매주 월요일이면 우리 부엌 식
탁 위로 허리를 구부리고 복숭아 코블러를 몇 접시씩 먹어치우
고, 그런 다음에는 내가 어머니와 함께 쓰는 방으로 사라지는 것

에 관해서 절대 아무 말도 하지 않게 되었다.

나는 어머니와 어머니의 코블러 만드는 방법을 말없이 연구하는 학생이 되었다. 나이가 들어 하느님이 곧 트로이 닐리 목사라는 믿음에서 벗어나게 되었을 때도 여전히 어머니의 코블러의 달콤함과 식감을 내 손으로 완성하기를 갈망했다. 어머니는 나한테는 텔레비전용 음식*을 먹이면서도 월요일이면 싱싱한 복숭아로 복숭아 코블러를 구웠는데 이날은 어머니가 종업원으로 일하는 식당을 쉬는 날이었다. 어머니는 늘 일요일이 자기 토요일이고 월요일은 자기 일요일이라고 말했다. 내가 아는 것은 어머니의 날들 가운데 어느 날도 내 차지는 아니라는 사실이었다.

그리고 어린 시절, 불규칙하기는 했지만 그 월요일 가운데 많은 날에 하느님(내 어린 마음에는)이 들러 8×8 크기의 팬에 담긴 코블러를 몽땅 먹어치웠다. 어머니 자신은 그 코블러를 조금도 먹은 적이 없었다. 복숭아를 좋아하지 않는다고 했다. 어머니는 하느님이 나에게 좀 먹어보라고 할까봐 그전에 나를 부엌에서 몰아냈지만 내가 바로 옆에 앉아 있었다 해도 과연 먹어보란 말을 했을지 의심스럽다. 하느님은 흑인 산타처럼 늙고 뚱뚱한 남자였고, 나는 어머니의 복숭아 코블러가 그의 허리둘레를 늘

---

* 전자레인지에 데워 텔레비전을 보며 먹는 음식.

리는 데 한몫한다고 생각했다.

어떤 월요일에는 하느님이 저녁식사 후에 도착해 내가 거실 소파에 웅크리고 누워 〈초원의 집〉을 보고 있을 때 떠났다. 또 어느 때는 방과후에 집에 오면 어머니와 하느님이 이미 방에 들어가 있기도 했다. 집에 들어가자마자 신음과 두드리는 소리가, 그러니까 침대 머리판이 벽을 두드리는 소리가 들렸다. 나는 현관문을 살며시 닫고 뒤꿈치를 들고 복도를 따라 걸어가 방문 밖에서 귀를 기울였다. "오, 하느님! 오, 하느님! 오, 하느님!" 어머니는 울부짖었다. 하느님 소리도 들렸다. 낮게 으르렁거리는 목소리로 말하고 있었다. "그래, 그래, 그래!"

하느님이 월요일에 들르는 일이 시작되기 전부터 나는 '그리스도 안에서 희망 침례교회'의 목사인 닐리 목사가 하느님이라고 생각하고 있었다. 그는 크고 검고 강력하여 내가 상상하는 하느님의 모습 그대로였다. 주일학교 유치원에서 외우게 된 나의 첫 부활절 요절은 "예수는 하느님의 아들이다"였지만 나는 '검은 하느님'이 파란 눈에 금발 아들을 둘 수 있다는 사실을 이상하다고 생각하지 않았다. 닐리 목사는 피부가 진했고, 그의 부인은 창백했으며, 그들의 아들이고 내 또래인 트레버는 회색 눈에 피부색이 교회 여기저기에 걸려 있는 예수 그림보다 별로 진하지 않았다. 게다가 매주 일요일 예배 중간쯤 닐리 목사, 그의 부인, 트레버는 제단 앞에 서서 회중으로부터 사랑의 제물을 받았고 성가대는 〈당신을 사랑합니다(주여, 오늘)〉를 불렀다. 따라서 닐리 목사가 "주"라고 연역하는 것은 쉬운 일이었다. 우리집 방문을 통해 들리는 어머니의 뜨거운 울부짖음도 그것을 확인해주었다.

나는 닐리 목사의 연극 같은 일요일 설교를 좋아했다. 그는 설교단에서 우르릉거리고 포효하며 회중에게 하느님의 진노와 심판을 전했다. 또 하느님의 선함과 자비에 관해 읊조릴 때는 두 팔로 자기 몸을 감싸고 얼렀다. 그러다가 설교단에서 내려와 제단의 통로들을 돌아다니며 흥분하여 기운이 넘치는 모습으로 그가 '복음'이라고 부르는 것을 우리에게 말해주었다. 몸집이 큰 사람치고는 놀랄 만큼 편하고 우아하게 움직였다. 제단의 외침에 이르면 여자들 대부분과 남자들 일부가 일어서서 몸을 좌우로 흔들며 소리를 질렀다. 하지만 어머니는 그러지 않았다. 어머니는 그대로 앉아 있었고 표정은 평소처럼 읽을 수가 없었다.

닐리 목사와 사모는 잭 스프랫 부부*와 정반대였다. 목사, 굵고 뚱뚱. 사모, 가늘고 홀쭉. 사모는 마치 아이들의 막대 그림 같았다. 사랑의 제물을 바치는 동안 그녀는 화살처럼 꼿꼿하고 뻣

* 전승 동요 속 인물들로 남편은 마르고 부인은 뚱뚱하다.

뻣하게 서 있었다. 곧은 갈색 머리는 어깨를 지나 아래로 늘어져 있었는데 처음에 나는 그녀가 백인 여자인 줄 알았다가 한참 지나 그녀의 현관문 앞에서 처음으로 그녀를 가까이서 보고 나서야 그렇지 않다는 것을 알았다.

많은 여신도와 마찬가지로 닐리 사모도 챙이 넓은 모자를 썼지만 그녀의 모자는 낮게 내려와 눈을 거의 가렸다. 그래도 그녀의 눈이 내 어머니의 눈처럼 애걸하는 커다란 눈이 아니라는 것까지 모를 만큼 다 가려지지는 않았다. 그녀는 어머니처럼 아름답지 않았다. 어머니처럼 둥근 가슴과 풍만한 엉덩이, 길거리에서 낯선 남자들을 흥분시키는 그런 걸 가지지 않았다. 우리가 걸어서 지나갈 때 어머니에게 지저분한 소리를 하면 어머니가 "더러운 씨발놈들"이라고 부르는 남자들. 닐리 사모는 아마 어디에서도 걸어본 적이 없었을 것이다. 어느 날 그녀가 교회 주차장의 분홍색 캐딜락에서 내리는 것을 본 적이 있었다. 근처에 서 있던 여신도 한 사람이 그녀가 메리 케이*를 팔아서 그 차를 샀다고 말하는 게 들렸다.

닐리 목사는 늘 고급 차를, 그것도 매년 새 차를 몰았는데, 그건 회중의 선물이었다. 그는 차를 우리집 뒷마당에 주차했고, 이

---

* 미국의 다단계 판매 회사.

마당은 숲과 붙어 있었다. 우리집은 자갈길이 끝나는 막다른 곳에 홀로 서 있었다. 가장 가까운 이웃도 반 마일 떨어져 있었는데, 그 근처에 내가 버스를 타는 정류장이 있었다.

2학년 어느 날 나는 어머니에게 좋은 소식을 알리려고 그 반 마일을 쉬지 않고 달렸다. 집안으로 뛰어들어가 백팩을 소파에 던지고 숨을 헐떡이며 곧장 부엌으로 달려갔다.

닐리 목사가 식탁 위로 허리를 굽힌 채 앉아 있었다. 월요일이었다. 그는 코블러 접시에서 고개를 들더니 끝을 길게 끄는 억양으로 가짜로, 억지로 인사를 했다—사람들이 아이들하고 이야기하고 싶지 않을 때 쓰는 말투로. 나도 인사를 했고, 목사는 바로 코블러로 돌아갔다. 그는 놀랄 만큼 조금씩 떠서 천천히 먹었다. 살짝 벌어져 번들거리는 두툼한 입술을 보자 텔레비전이나 영화에서 본 키스하는 모습이 생각났다. 숟가락은 그의 곰 앞발 속으로 사라져 거의 보이지 않았다. 손가락은 어머니가 일요일 아침에 가끔 아침으로 준비하는 굵은 소시지와 닮았다.

어머니는 뒷문 근처 조리대에 등을 기대고 팔짱을 낀 채 닐리 목사가 먹는 것을 지켜보았다. 흐뭇해 보였다—딱히 행복한 것은 아니지만 흐뭇해 보였다. 하지만 너무 열중해서 지켜보고 있었기 때문에 목사가 떠나려고 하면 달려들어 문을 막을 것처럼 보이기도 했다.

"엄마!" 내가 숨을 고르려고 여전히 헐떡거리며 말했다. "있잖아요!"

"뭔데?" 어머니는 목사에게서 잠시도 눈을 떼지 않았다.

"라타샤 윌슨이 밤샘 생일파티에 초대했어요. 가도 돼요?" 학교에서 도는 이야기로는 라타샤 윌슨은 이층짜리 집에 살고 거기엔 캐노피가 덮인 분홍색 바비 침대가 있었다. 그애의 반짝거리는 나선형 곱슬머리는 늘 단정하게 꼭꼭 눌리고 뒤로 잡아당겨져 높이 포니테일로 묶여 있었다. 그애 아버지는 은행에서 일했다. 셔츠 앞자락 안에 넣어온 생일파티 초대장에서는 풍선껌 냄새가 났다. 라타샤에게서도 풍선껌냄새가 났다. 집에서도 풍선껌냄새가 날 게 틀림없었다. 나는 확인하고 싶어 안달이 났다.

"안 돼." 어머니가 말했다.

입 밖으로 미끄러져나올 뻔한 "왜 안 돼요"를 삼켰다. 어머니의 눈은 여전히 닐리 목사에게 고정되어 있었다. 닐리 목사의 눈은 여전히 코블러에 고정되어 있었다. 내 눈에는 눈물이 고였다.

"가서 옷 갈아입어." 어머니가 말했다.

부엌에서 물러나는데 눈물이 넘쳐 뺨으로 흘러내렸다. 처음에는 옷을 갈아입으러 방으로 가는 대신 눈에 띄지 않게 복도에 서 있었다. 보통 나는 어머니가 시키는 대로 했다. 하지만 그 순간에 나는 너무 짓밟힌 느낌이었다.

슬쩍 모서리 너머를 훔쳐보았다. 어머니는 이제 닐리 목사 건 너편에 앉아 있었다. 어머니는 내가 훔쳐보는 걸 보지 못했지만 닐리 목사가 갑자기 코블러에서 고개를 들어 나를 똑바로 보았다! 나는 얼른 그의 시야에서 벗어나며, 야단을 맞을 각오를 했다. 그러나 닐리 목사는 고자질을 하는 대신 어머니에게 질문을 던졌다. "왜 아이가 파티에 가는 걸 허락하지 않으려는 거지?"

나는 다시 모서리 너머를 훔쳐보았다.

어머니가 한숨을 쉬었다. "나는 혼자 지내고 싶고 저 아이도 혼자 지내는 걸 배울 필요가 있어요. 그쪽이 나아요. 초대를 받아들이면 사람들도 초대해주기를 기대하죠. 그럼 사람들이 집에 와서 뭐가 있는지 뭐가 없는지 보게 돼요. 그다음에는 알다시피 집안일이 온 동네에 퍼지게 되죠." 어머니는 손가락 끝으로 식탁 가장자리를 훑으며 혼자 웃음을 지었다. "집안일이 온 동네에 퍼지는 걸 내가 왜 원치 않는지는 물론 잘 아시겠죠."

닐리 목사는 아무 말 하지 않았다. 그냥 코블러를 한입 더 뜨고 고개를 저었다.

"게다가……" 어머니는 말했다. "나는 저 아이가 자기가 가진 것에 만족하도록 기르려고 노력하고 있어요. 나는 그 라타샤라는 아이의 엄마와 아빠를 알아요. 함께 학교에 다녔죠. 둘은 늘 번쩍거렸고 과시하기 좋아했어요. 남자애가 여자애를 자기 아빠 링컨에 태우고 돌아다녔는데 결국 남자애 아빠가 머스탱을 사줬어요. 열여섯 살에. 그애들한테는 돈과 거기 따라오는 모든 게 있었어요. 그러니 라타샤에게는 부족한 게 전혀 없고 그 생일 파티는 과한 게 될 거라는 걸 알 수 있죠."

"나는 그 사람들을 몰라." 닐리 목사가 말했다. "하지만 주께서 그 사람들을 축복했고 그 사람들이 자기 자식 생일을 축하하고 싶어하고 당신 자식을 그 자리에 함께하자고 초대한 거라면 뭐가 문제가 된다는 건지 모르겠는걸." 닐리 목사가 설교단 밖에서 주님 이야기를 하는 것을 들으니 이상했다. 그 무시무시하고 쩌렁쩌렁한 목소리만 빼면 보통 사람이 말하는 것 같았다. 내 어머니에게 나를 라타샤 윌슨의 생일파티에 보내라고 설득할 수도 있는 보통 사람. 나는 두 손 모두 세번째 손가락을 두번째 손가락 위에 얹었다.[*]

어머니는 의자에 앉은 채 허리를 더 꼿꼿하게 세웠다. 입을 열었을 때는 마치 조심해서 말을 고르듯 천천히 이야기했다. "그 사람들이야 자기들 보기에 적당한 대로 자기 자식을 기를 수 있죠. 하지만 나는 내 자식이 인생이 달콤할 거라고 기대하면서 살아가게 기르지 않을 거예요. 그애한테는 달콤하지 않을 게 뻔하

---

[*] 좋은 결과를 비는 행동.

니까요. 아이가 있는 것과 없는 것을 받아들이는 법을 빨리 배울수록 좋아요. 달콤함을 맛보면 그걸 너무 원하게 되고, 자라서 그 부스러기나 맛보면서 살 테니까요."

닐리 목사는 나를 다시 흘끗 보더니 고개를 젓고 마지막 남은 코블러를 먹었다.

나는 다시 그의 시야에서 벗어나 손가락을 풀었다. 다시 눈물이 고였다. 보지 않아도 어머니가 빈 코블러 팬과 목사의 접시와 숟가락을 휙휙 채갈 것임을 알 수 있었다. 늘 그렇듯이, 내가 나중에 남은 걸 몰래 맛보는 것조차 하지 못하도록 그것들을 싱크대의 비누거품이 이는 설거지물에 던져넣을 것임을 알고 있었다.

"이 집에는 세상에서 가장 훌륭한 코블러가 있어." 닐리 목사가 말하는 게 들렸다. 라타샤 윌슨의 생일파티 초대는 까맣게 잊은 듯했다. 그는 늘 그 말을 했다. 나는 그가 일종의 흑인 산타라고 믿었기 때문에 그가 일요일에는 교회에서 설교를 하고 화요일부터 토요일까지는 다른 어머니들의 복숭아 코블러를 맛보러 온 세상을 돌아다니다가 월요일이면 늘 나의 어머니의 코블러를 먹으러 돌아온다고 상상했다.

나는 가서 옷을 갈아입고 소파에 앉았다. 어머니를 향한 이 새로운 느낌을 어떻게 해야 할지 잘 알 수가 없었다. 그것은 분노였다.

그들이 우리 침실로 가서 문을 닫는 소리가 들렸다. 나는 일어나 텔레비전용 음식을 오븐에 넣었다. 가끔 어머니는 잊지 않고 그걸 넣어두었고 가끔은 잊었다. 닭튀김, 으깬 감자, 옥수수, 따뜻한 브라우니가 내가 좋아하는 것이었다. 늘 브라우니를 먼저, 가운데가 아직 말랑말랑하고 끈적거릴 때 먹었다.

닐리 목사와 어머니는 방에 몇 분 있을 때도 있고 한 시간 있을 때도 있었다. 나올 때는 늘 웃음소리가 들렸다. 어머니는 내가 듣지 못한 어떤 우스개에 웃음을 터뜨리고 있었고 닐리 목사에게 안녕히 가시라고 인사했다. 그러면 그는 웃음을 터뜨리면서 다시 복숭아 코블러에 감사하곤 했다.

내가 그 웃음소리를 기억하는 것은, 다시 닐리 목사가 집을 찾아오기까지 우리집에 깔리는 정적 때문에 어머니가 그런 식으로 웃음을 터뜨리게 할 수 있는 적당한 우스개를 알았으면 하고 바라게 되었기 때문이다. 나는 적당한 우스개는 몰랐지만, 복숭아를 자르는 어머니의 두 손을 지켜보고, 몇 번을 젓는지 세어보고, 냄새로 오븐에서 코블러를 꺼내는 정확한 순간을 계산하는 걸 배운다면—어쩌면 나도 하느님을 기쁘게 할 코블러를 만들 수 있을지도 몰랐다. 그리고 어쩌면 그게 어머니를 기쁘게 할지도 몰랐다.

하느님이 오지 않는 월요일이면 어머니는 저녁식사 뒤에 코블러를 쓰레기통에 버리고 커다란 텀블러에 탱커레이*를 따르고는 일찍 자라고 나를 방에 들여보냈다. 가끔 하느님은 몇 주 연달아 오지 않기도 했다. 또는 몇 달. 언젠가 이가 하나도 없는 늙은 여자가 교회에서 간증한 게 기억났다. "하느님은 우리가 원할 때 오시지 않을 수도 있지만 늘 때맞추어 오십니다."

내가 여덟 살이던 어느 월요일 밤, 나는 침대에 누워 불안한 마음으로 쓰레기통 바닥의 그 코블러를 생각하고 있었다. 하지만 이날 밤에는 어머니가 코블러를 버리기 직전에 내가 쓰레기를 내다버리고 통 안에 새 쓰레기봉투를 넣어두었다는 사실이 기억났다. 나는 화장실에 가는 것처럼 일어나 부엌으로 갔다.

어둠 속에서 쓰레기통으로 손을 깊숙이 집어넣자 이윽고 손가락 끝이 축축하고 끈끈해졌다. 코블러를 한 움큼 움켜쥐고 그걸 한 번에 입안으로 모두 밀어넣었다. 입을 우물거리자 설탕 즙이 입 양쪽 끝으로 질질 흘렀다. 복숭아와 더불어 속까지 시럽에 푹 절여진 부드러운 크러스트를 음미했다. 그렇게 맛있는 건 먹어본 적이 없었다. 나는 기억 속에서 어머니의 두 손의 모든 동작을 되살려냈다. 복숭아를 끓는 물에 집어넣고, 그다음에는 찬 수돗물 밑에서 껍질을 밀어 벗기고. 힘 하나 들이지 않고 칼을 휘

---

* 진의 상표명.

둘러 복숭아를 조각내고. 조지아 복숭아 철이 아닐 때는 복숭아 통조림의 물을 조심스럽게 다 빼내고.

나는 그 복숭아가 되고 싶었다. 조심스러운 손길로 다뤄지기를 갈망했다. 그럴 수 없다면 그다음으로 좋은 걸 원했다. 나 자신의 손으로 그렇게 멋진 음식을 만드는 것.

"뭐하고 있니?"

몸을 빙그르 돌렸다. 어머니가 맨살인 팔로 팔짱을 낀 채 문간에 서 있었다. 한때는 하늘색이었던, 색이 바랜 면 잠옷 차림이었다.

"내가 질문을 했잖아." 어머니의 목소리는 진 때문에 아직 탁하고 무거웠다.

뺨을 타고 눈물이 번졌고 끈적한 손가락은 여전히 입안에 있었다. 어떻게 대답해야 할지 몰라, 또 대답하는 게 두려워 손가락을 깨물었다. 어머니는 나를 자주 때리지 않았다―그때는 나도 어지간하면 어머니의 분노를 자극하지 않는 쪽에 머무는 법을 알고 있었다. 하지만 때릴 때면, 어머니는 내가 저지른 범죄보다 훨씬 깊은 곳에서 찰랑거리는 오래된 분노의 우물에 두레박을 담그는 것 같았다. 어머니는 나를 때리며 나와 함께 울부짖곤 했다. 내가 배워야만 한다고 되풀이했다. 나는 배워야만 했다.

"대답해."

"코블러가 좀 먹고 싶었어요."

"그게 네 거야?"

"아니요, 죄송해요."

"네 것이 아닌 걸 가지는 걸 뭐라고 했지?"

"도둑질이라고."

"코블러는 누구 거야?"

어머니와 나는 월요일에 일어나는 일에 관해 말한 적이 없었지만 본능적으로 나는 그게 어머니가 하고 싶어하는 이야기가 아니라는 것을 알았고, 그와 관련된 게 아니더라도 일반적으로 어머니는 내 질문에 짜증을 내곤 했다.

"그건…… 하느님 거요."

어머니 눈이 휘둥그레졌다. "지금 나한테 까불겠다는 거야, 응?" 어머니가 한 걸음 다가왔다. 나는 뒷문으로 달려가 문에 등을 붙였다. 바깥이, 그때 내 판단으로는, 안보다 무서웠다.

말이 입에서 굴러떨어졌다. "아니, 엄마. 까부는 게 아니에요. 엄마는 하느님을 위해 코블러를 만들어요."

"내가 그걸……?" 엄마는 부엌 식탁 의자에 주저앉았다. "네 생각에는……" 엄마는 어떤 소리를 냈다. 한꺼번에 웃음을 터뜨리고 기침을 하고 숨이 막히는 것 같은 소리였다.

"앉아."

나는 엄마 건너편에 앉았다. "왜 어떤 일은 그렇게 되어야만 하는지 네가 이해 못한다는 건 알아." 엄마가 말했다. "너는 아직 그걸 알 만큼 나이가 들지 않았을 뿐이지. 하지만 나는 알아. 뭐가 최선인지 알아. 나는 너한테 뭐가 좋은지 알아."

엄마는 손을 뻗어 내 손등을 쓰다듬었다. 엄마의 손길로 인한 짜릿한 느낌 때문에 나는 잠시 내가 곤란한 처지라는 것을 잊었다.

"하지만 네가 알아야 할 게 한 가지 있어. 닐리 목사님은 하느님이 아니야." 엄마가 말했다. "목사님은 내 친구야. 그래서 여기 들르는 거야." 엄마는 손길과 어울리는 부드러운 목소리로 말하며 나의 두려움을 가라앉히려 했다. 계속해서 "하지만 그건 나 외엔 다른 누구도 상관할 일이 아니야" 하고 말할 때도 그런 부드러움이 다 사라지지는 않았다. 나는 이렇게 부드러워진 엄마가 더 자주 나타나기를 바랐다.

"내 말 이해하겠니?"

이해하지 못했다. 다는 이해하지 못했다. 하지만 비밀을 지키라는 요청을 받았다는 것을 알 만큼은 이해했다. "네, 알겠어요." 나는 말했다.

그것은 지키기 쉬운 비밀이었다. 우선 내가 누구에게 그걸 말할 것이냐 하는 문제와 그들이 왜 그것을 알고 싶어하느냐 하는 문제가 있었다. 급우와 학교 밖에서 시간을 보내는 것이 허락되지 않았기 때문에 나는 내가 사귈 수도 있던 모든 여자애 집단과 처음부터 한 걸음 떨어진 곳에 굳게 서 있었다. 우리 동네에 사는 거의 모두가 가난했다. 하지만 나의 너무 작거나 큰 굿윌* 옷과 닳아빠진 신발 덕분에, 다른 여자애들이 초등학교 서열에서 꼴찌가 되는 일은 한 번도 없었다.

그 여자애들은(라타샤 윌슨은 빼고) 나보다 별로 잘살지는 못했지만 그래도 거의 매일 누군가 머리를 빗어서 조심스럽게 가르마를 타주었고 머리핀을 이용해 기름기가 흐르는 꽁지머리를 만들어주었다. 단정하고 돌봄을 받는다는 이 상징은 늘 내 손이 닿는 범위 밖에 있었고, 그 사실은 내가 욕실 거울 앞 의자에 올라서서 거대한 공 같고 숱이 많은 내 머리칼을 머리 위 하나의 불룩한 덩어리로 정리하려고 씨름할 때마다 분명해졌다. 엄마는 늘 자기는 그런 일은 잘해본 적이 없다면서—엄마는 길들일 필요가 없는 느슨한 곱슬머리였다—내가 마침내 혼자서 그 일을 해내면 안도했다.

따라서 내게는 닐리 목사에 관해 털어놓을 진짜 친구가 없었다. 그리고 무슨 이야기가 되었든—어머니만 상관할 일은 말할 것도 없고—어른과 길게 말을 나눈다는 것? 그 생각만해도 뱃속

---

* 물건 기부를 받아 싼 값에 파는 조직.

이 뒤집혔다.

어머니가 자신의 비밀을 지키라고 나한테 요청하지 않았다 해도 열 살 때 어느 월요일에 일어난 일 때문에 내가 절대 말하지 않는 것은 보장되어 있었다.

5월 어느 더운 날 나는 버스 정류장에서 집으로 걸어가고 있었다. 집에 다시 전기가 끊겨 우리집 창은 바람이라도 들어오게 하려고 다 열어놓고 있었다. 집에 다가가는데 바라 마지않던 바람 한줄기가 지나가면서 우리 방 창의 커튼을 들어올리더니, 내가 닐리 목사의 거대하게 드러난 엉덩이를 보고, 또 그가 서서 우리 서랍장에 밀어붙인 어머니를 짓눌러대고 있는 것을 볼 수 있을 만큼 오래 공중에 붙들고 있었다.

현관으로 다가가는 동안 커튼은 허공에서 계속 춤을 추었고 나는 닐리 목사를 더 많이 볼 수 있었다. 그가 그 뚱뚱한 소시지 손가락들로 어머니의 엉덩이를 움켜쥐고 있는 것이 보였는데 내 상상에서 그 손가락은 끈적거리는 코블러 시럽으로 덮여 있었고 그 시럽이 어머니의 몸을 따라 질금질금 흘러내렸으며, 나는 그가 싫었다. 이것이 섹스, 학교에서 여자애들이 두 손으로 얼굴을 가리고 낄낄대며 말하는 그것이었다.

일주일 뒤 나는 첫 생리를 했고, 이것은 어머니와 나 둘 다에게 충격이었다. 나는 무슨 일이 벌어지고 있는지 몰랐고 처음에 어머니가 계속 한 말이라고는 "너무 어린데, 너무 어린데……"
뿐이었다. 어머니의 구겨진 얼굴과 내 두 다리 사이의 큼지막한
패드는 나에게 내려진 벌처럼 느껴졌다.

열한 살이 되었을 때쯤 나는 여드름에 뒤덮이고 36D 브라를
입었다. 어머니는 내 가슴에 나보다 당황했으며 늘 안 보이게 좀
하라고 야단쳤다. 그게 가능하기나 한 것처럼. 나는 어머니가 나
에게서 전보다 더 멀리 물러난다고 느꼈고 그래서 먼저 움직였
다. 나는 우리 방에서 나와 거실을 차지하고 소파에서 잤다.

내가 교회 다니는 것을 그만두었을 때 어머니는 다니라고 강
요하지 않았다.

더는 밤에 쓰레기통의 복숭아 코블러를 먹지 않았지만 배고
픔은 여전했다. 어머니가 그걸 만들 때 계속 지켜봤는데, 어떻게
만드는지를 잊고 싶지 않았기 때문이다. 어쩌면 내가 직접 만들
수도 있을 것이었다. 한번은 어머니한테 내가 코블러를 만들 테
니 복숭아를 더 살 수 있느냐고 물었다. "네가 내 부엌을 지저분
하게 어지럽히는 데 낭비할 돈은 없어"가 어머니의 답이었다.

열네 살에 쇼핑몰에 있는 톰 매컨 신발가게에서 일자리를 얻
었다. 나 스스로 염병할 복숭아를 샀다.

어머니가 탱커레이 한 병을 들고 방에 처박혀 있곤 하는 금요
일 밤에 코블러를 만들었고, 부엌을 독차지했다. 어느 단계 하

나, 재료 하나 바꾸지 않았기 때문에 내 코블러는 어머니의 것만큼 맛있었다. 손가락이 아니라 접시에 놓고 먹으니 심지어 더 맛있었다. 나는 주말 내내 다 떨어질 때까지 매끼 코블러를 먹었다. 빈 팬은 싱크에 담갔고 두 손을 따뜻한 설거지물에서 한참 동안 빼내지 않았다. 멋진 것을 만든 뒤였으니까.

어머니는 딱 한 번 내가 코블러 만드는 것을 아는 체했다. 어느 금요일 밤 자기 치수보다 큰 플란넬 셔츠를 입고 손에는 진을 든 채 방에서 나와 부엌 문간에 서서 나를 지켜보고 있었다. 술 때문에 느려지고, 자기 동작을 더 의식하고, 부드러워지고, 어떻게 된 일인지 훨씬 아름다웠다. 머리는 평소의 빵 모양에서 풀려 어깨 너머로 흘러내렸다. 어머니는 삼십대 중반이었지만 소녀처럼, 실물 크기의 인형처럼 보였다.

"네가 다 알아서 한다고 생각하는 거지, 응? 네가 아주 똑똑하다고 생각하는 거야. 모든 사람보다 똑똑하다고."

나는 눈길을 돌려 다시 크러스트를 만들 반죽을 젓는 일로 돌아갔다.

어머니가 나에게로 걸어왔다. 아주 가까워서 숨에서 진의 냄새를 맡을 수 있었다. "책을 읽어 똑똑한 게 있고 살아봐서 똑똑한 게 있지." 어머니가 말했다. "네가 살아봐서 똑똑하다면 절대 나처럼 되려고 하지는 않을 거야."

나는 닐리 목사에게 내 코블러 맛을 봐달라고 부탁하는 상상을 했다. 하지만 우리는 어색한 짧은 인사 외에는 절대 서로 말을 섞지 않았다. 내가 부엌에 있는데 그가 오면 나는 부엌에서 나와 거실로 들어갔다. 그러면서도 그가 내 코블러를 맛보고 어머니 것보다 낫다고—세상에서 최고라고—말하는 상상은 했다. 또 유리를 갈아 크러스트에 넣고 구운 걸 그에게 한 조각 갖다주고 그가 바닥에 쓰러지는 상상도 했다. 그 이상으로, 내가 코블러를 잘 만들 수 있다는 것을 어머니가 알고 자랑스러워하기를 바랐다. 대부분은 그냥 나의 어머니를 원했다.

11학년이 되었을 때 나는 남자애들을 피하려고 애쓰다 지쳐 굴복했다. 하지만 내가 학교 뒤 공원에서 함께 놀던 남자애들 가운데 내 복숭아 코블러를 먹을 자격이 있는 애는 한 명도 없었다. 대체로 그냥 내 가슴을 만지고 싶어했을 뿐이고 대체로 나는 만져주기를 바랐을 뿐이다.

고등학교 3학년이던 해 1월 중순의 어느 월요일 밤, 닐리 목사가 떠난 뒤 어머니가 내가 있는 거실로 들어왔다. 가슴이 팽팽하게 조여오는 느낌이었다. 목사가 떠난 뒤 나는 어머니를 보는 걸 견딜 수 없고 어머니도 나와 함께 있는 것을 원치 않는 것처럼 보이던 평소의 패턴이 훨씬 좋았다. 하지만 그날 밤 어머니는 내가 있는 소파에 앉더니 나에게 종이를 건네주었다.

"닐리네 집 주소야. 화요일 방과후에 바로 와주기를 바란대. 과외 때문에. 트레버가 수학 때문에 곤란한 지경인가봐." 어머니가 말했다. "내가 그분한테 네가 고급반에서 전 과목 A라는 얘기를 했거든. 그분은 그 여자한테 학교에서 너를 과외 선생으로 추천했다고만 이야기할 거야."

그분. 그리고 그 여자. 그렇게 우리는 닐리 목사의 이름이나 그의 부인의 이름을 말하지 않으려 했다.

물론 우리가 말하지 않을 것은 많았다.

나는 바라는 대로 입을 다물고 있어야 했다. 늘 바라던 대로.

그 첫번째 화요일, 내가 문을 두드리기도 전에 닐리 사모가 그들이 사는 맥맨션의 현관문을 열었을 때 나는 그녀가 흑인이라는 것을 깨달았다. 백인이 아니라. 가까이서 보니 입술은 두툼하고 코는 넓적했다. 또 뒤로 당겨 느슨하게 포니테일로 묶은 풀린 머리를 보고 손질할 때가 되었다는 것을 알 수 있었다.

"안녕, 올리비아! 나는 매릴린 닐리야." 그녀가 말하며 나를 현관으로 들였다. "하지만 미즈* 매릴린이라고 불러. 그리고 이래도 괜찮았으면 좋겠는데." 그녀는 말하며 앙상한 두 팔로 나를 감쌌다. "나는 끌어안는 걸 좋아해!"

---

* 부인을 뜻하는 미시즈의 남부식 표현.

그녀가 나의 오래전 기억에 남아 있는 백인 얼음 여왕이 아니라는 것을 깨닫자 그녀의 집에 있는 게 훨씬 불편해졌다. 나는 의지력을 동원해 그녀의 손길에 몸이 굳지 않게 했고, 내가 전혀 잘못한 게 없고 그녀를 배신하고 있는 사람은 내가 아님을 기억하려 했다. 끌어안는 동안 그녀의 등에 가볍게 손을 댔고 그녀의 불거진 어깨뼈를 느낄 수 있었다. 나는 상대적으로 거대해진 느낌이었으며, 한 번 단단하게 쥐는 것만으로도 그녀의 뼈를 부수어버릴 수 있을 것 같았다. 한 가지 단단한 진실만으로도.

그런 힘의 이미지에, 기억 속 닐리 목사의 벗은 엉덩이와 나의 어머니 생각에 머리가 어찔했다. 이 여자가 내 생각을 읽을 수 있으면 어쩌나? 몸이 흔들거리며 균형을 잃을 뻔했다.

"괜찮니, 허니?" 미즈 매릴린이 놀랄 만큼 강한 손아귀 힘으로 내 어깨를 잡아 붙들었다. 손마다 거대한 다이아몬드 반지가 세 개씩 반짝거렸다.

그녀는 현관 안쪽의 작은 소파로 나를 안내했다. "이 세티*는 내 집안에 오십 년 동안 있었던 거야." 그녀가 말했다. "우리 아빠는 세티가 프랑스어로 '쓸모없는 의자'라는 뜻이라고 말하곤 했지!"

---

*소파의 한 종류.

그녀는 자신의 농담에 웃음을 터뜨렸고 나는 미소를 지으려 했지만 입술도 몸의 나머지 부분과 마찬가지로 떨리고 있었다. "이제 괜찮아요." 내가 말했다. "그냥 좀 기운이 없어서. 오늘 점심을 건너뛰었거든요." 완전한 거짓말은 아니었다. 카페테리아 음식이 역겨운데다 또래들과 함께 있는 것보다는 책과 함께 있는 게 좋았기 때문에 점심은 대체로 건너뛰었다.

미즈 매릴린은 자기 두 손을 맞잡았다. "자, 식사실로 와. 맛있는 간식을 준비해놨어. 거기에서 트레버와 공부하면 돼. 트레버!" 그녀는 위층을 향해 소리를 질렀다.

트레버 닐리는 스타 풋볼선수이자 지역 사립학교인 우드버리 아카데미의 졸업반으로 대학 진학을 앞두고 있었다. 살결이 희고 키가 크고 자기 어머니처럼 말랐다. 학교에서 원하는 대로 여자애를 고를 수 있을 게 분명했다. 나는 과외 선생이 한 살 어리고 게다가 여자애라는 게 그에게 문제가 될 거라고 생각했다. 하지만 둘 중 어느 게 그에게 언짢았는지 몰라도 어쨌든 그는 아무말도 하지 않았다.

그의 어머니가 우리를 소개하고 떠나며 미닫이문을 닫자 트레버는 노골적으로 내 가슴을 물끄러미 바라보았다. 회색 눈은 자신감으로 번쩍였다.

나는 미즈 매릴린이 준비해놓은 쟁반에서 핑거 샌드위치를 하나 집어들었다. 치킨 샐러드가 들어 있었다. 나는 먹으면서 말했다. "자…… 미적분학 준비 수업에서 하고 있는 걸 좀 보여주면 어떨까?"

하지만 트레버는 계속 물끄러미 보기만 했다. 내 가슴, 내 눈, 다시 가슴.

"그래." 나는 그에게 말했다. "나는 가슴이 커. 엄청난 유방. 거대한 젖통. 어마어마한 젖. 그리고 그래, 너는 귀여워. 하지만 네 눈은 나한테 안 먹혀. 자 쓸데없는 짓 그만두고 공부나 하자."

트레버는 웃음을 터뜨리며 완벽한 치아를 드러냈다. "너 괜찮아." 그가 말했다. "너 괜찮아."

그는 나에게 지난번 본 시험지를 가져왔는데 69퍼센트를 맞았다. 우리는 그가 틀린 곳을 삼십 분 정도 검토했고 그는 좀 쉬자고 했다. 우리는 샌드위치를 먹고 코카콜라를 홀짝였다. 이번에 트레버가 나를 보았을 때는 나도 모르게 눈길을 피했다. 그는 정말 귀여웠다.

"그 새로 나온 팻 보이스 비디오 봤어? 비치 보이스하고 같이 나오는 거?"

"와이프아웃?"

"그래, 그거. 뿅 가." 그가 웃음을 터뜨렸다.

"노래는 라디오로 들었지만 비디오는 못 봤는데."

"뭐라고? MTV에서 하루에, 뭐야, 쉰 번쯤은 틀어주는데."

"케이블이 없어."

"케이블이 없다고?"

나는 어깨를 으쓱했다.

"하지만 〈코스비 쇼〉는 보겠지."

"보지. 너 내가 누구를 못 견디는 줄 알아? 버네사야. 정말 짜증나!"

"그애는 나한테 형제나 자매가 없다는 게 기쁜 일이라는 걸 깨닫게 해줘."

"나도 그래. 데니즈라면 몰라도. 그애는 쌈빡해."

"그 허니는 끝내주지. 하지만 자매로 원하진 않아. 그건 불법이니까!"

우리 둘 다 낄낄거렸고 이어 정적이 뒤따랐다. 내 손은 식탁 위 트레버의 손 옆에 놓여 있었다. 그의 손가락들은 자기 아버지 것처럼 뭉툭한 소시지가 아니었다. 길고 가늘었다. 그게 내 안에서 어떤 느낌일지, 그는 내 안에서 어떤 느낌일지 궁금했다. 내가 이 아이와 끝까지 간다면? 전에는 해본 적 없는 일이었다. 나는 그것을 그려보았다. 트레버와 나, 그의 어머니의 크리스털 샹들리에 밑에서 식탁에 올라가 벌거벗고 뒤엉킨 채 더듬고 빨고. 그 생각에 다시 메스꺼워졌다. 이번에는 명치였다. 욕망으로 인한 메스꺼움. 그 말이 지난주 식료품점에서 구한 쓰레기 소설의 페이지에서 올라와 마음속에 기름처럼 검고 미끌미끌하게 형태를 잡아가고 있었다.

그 순간, 나는 욕망이 넘치면 거기에 빠져 죽을 수도 있다는 것, 욕망이 우리를 저 아래 바닥까지 끌고 내려갈 수 있다는 것을 이해했다.

눈을 감고 공상을 치워버리며 다시 나 자신을 수면 위로 끌어올렸다.

그날 밤 집에서 미즈 매릴린이 준 돈 봉투를 꺼내 어머니가 설거지를 하고 있는 곳 옆의 부엌 조리대에 놓았다. 나는 거실로 발을 옮겼다.

"어땠어?" 어머니가 내 등에 대고 소리쳤다.

나는 발만 멈추었을 뿐 고개를 돌려 어머니를 마주보지는 않았다. 어땠어? 어땠어? 진담으로 하는 소리인가? 오, 엄마가 매주 박아대는 목사의 처자식과 함께 시간을 보내야 하는 딸이 거기에서 도대체 무엇을 바랄 수 있을까.

"괜찮았어요." 여전히 등을 돌리고 있었다.

"그게 다야? 그냥 '괜찮았어?'"

"네, 그랬어요."

"자. 이거 가져가. 네 거야."

나는 몸을 돌렸다. 어머니는 봉투를 나에게 내밀었다.

"아니요. 저는 필요 없어요."

"자." 어머니는 봉투를 흔들었다. 나는 한숨을 쉬며 그것을 받았다.

"앉아." 나는 식탁에 앉았고 어머니는 맞은편에 앉았다. "그 집 이야기 좀 해봐."

"집은…… 컸어요. 그리고…… 오래된 비싼 가구가 가득했어요."

어머니는 얼굴을 찌푸렸다. "또? 그 여자는 어땠어?"

"뭐가 어때요?"

"말투 조심해. 나한테 똑똑하려고 들지 마."

"안 그래요. 그냥…… 나한테서 무슨 얘기를 듣고 싶은 건지 모르겠어요." 나는 어깨를 으쓱했다. 미즈 매릴린과 트레버에게 묘한 의리를 갖게 되었다. 우리 누구도 이런 상황에 놓아달라고 부탁한 적이 없었다.

"그 여잔 괜찮아요."

"그리고……?"

"그리고…… 모르겠어요. 백인이 아니에요."

"그 여자가 백인이라고 생각했어?" 어머니는 웃음을 터뜨렸다. 크고 걸걸한 웃음이었다. "아니야, 그냥 황갈색 쪽이야. 그분 자신은 검지만 당연히 황갈색 여자를 좋아하지." 어머니는 미즈 매릴린보다 한두 단계 정도만 진할 뿐이었다. 나는 어머니보다는 진했지만 닐리 목사만큼 진하지는 않았다. 갑자기 메스꺼운 게 올라왔다. 그날만 세번째였다. 닐리 목사가 나의 아버지일 수도 있을까? 어머니는 나의 아버지가 내가 알고 싶지 않을 사람이라고만 했다.

어머니는 내 마음을 읽기라도 한 것처럼 말했다. "네 아빠처럼. 한밤중처럼 새까마면서 황갈색과 하얀색 여자만 쉬지 않고 쫓아다녔지."

"가도 돼요?"

어머니는 실망한 표정이었다. "텔레비전 음식 만들어놨는데."

"고맙지만 배가 안 고파요."

"거기서 뭘 먹었어?"

"샌드위치 좀."

"어떤 샌드위치?"

혀를 깨물어야 했다. 염병할 샌드위치를 가지고 질문을 퍼붓다니 믿어지지가 않았다. 어서 샤워나 하고 싶었다. "치킨 샐러드요."

"또 다른 건?"

"코카콜라."

"그게 다야? 흥."

"네, 그게 다예요." 나는 말했다. "이제 가도 돼요?"

어머니는 손을 저어 나를 보내주었다.

그날 밤, 또 몇 달에 걸쳐 내가 트레버를 가르치던 많은 밤에 나는 그가 나오는 꿈에 들어갔다 나왔다 했다. 함께 놀던 남자애들 두어 명을 좋아한 적이 있었고, 멀리서 다른 애들 몇 명을 좋아한 적도 있었다. 하지만 내가 정말로 반한 남자애는 트레버가 처음이었다. 그의 크고 호기심 많은 눈, 동그란 콧방울, 풍만한 입술. 그의 입에서는 미소 또는 큰 웃음이 멀리 떠나는 법이 없었다. 나는 그와 키스하고 싶었다. 매주 화요일이면 그와 키스할 새로운 기회가 찾아왔다. 그가 나를 보는 게 내 시야에 잡힐 때 그 느낌이 상호적이라는 것을 확신할 수 있었다. 하지만 내가 나 자신에게 허용한 것은 그의 미적분 준비과정 교과서 위에 함께 머리를 맞대고 있을 때 그에게서 풍겨나오는 머릿기름이며 비누며 땀이 섞인 달콤한 냄새를 들이마시는 것뿐이었다. 내가 우리 눈이 일 초 이상 만나는 것을 허용하는 드문 경우에 트레버는 만족해서 웃음을 짓곤 했다. 그리고 나는 욕망과 비합리적 죄책감이 섞인 느낌에 휩쓸리곤 했다. 나의 어머니와 그의 아버지가 하고 있는 일로 트레버가 나를 비난할 수는 없었다. 물론 나는 그에게 말하지 않겠지만 나는 알고 그는 알지 못한다는 것이 어쩐지 그냥 잘못된 것이라고 느껴졌다. 하지만 내가 뭘 어쩔 수 있나?

이 모든 일로 인해, 하느님은 자기 피조물이 비극에 갇히고 얽힌 채 방방 뜨며 돌아다니는 것을 지켜보면서 즐거워하는 속이 꼬인 꼭두각시 조종자라는 생각이 더욱 굳어졌다.

그런 긴장에도 불구하고 트레버와 나는 늘 공부로, 내가 거기 있는 이유로 돌아갔다. 그는 미적분 준비과정을 잘하고 싶어했고 나는 그가 미적분을 잘하고 졸업을 해서, 유다의 대리인으로 온 사람처럼 매주 그의 어머니를 끌어안는 일과 칠면조 샌드위치와 슬로피조*와 콘도그만 보고하여 나의 어머니를 좌절시키는 일을 그만두고 싶었기 때문이다. 하지만 그와 함께 보낸 시간은 그리울 것 같았다, 죄책감이든 뭐든.

과외를 하면서 화요일 네 번은 닐리 목사를 피할 수 있었다. 하지만 다섯번째 화요일에 초인종을 눌렀을 때 그가 문을 열었다. 나는 한 걸음 뒤로 물러섰다. 입안이 말라 그의 인사에 답을 할 수가 없었다.

닐리 목사는 사랑의 제물을 바치는 시간에 신도에게 하듯이 싱글거리며 나에게 손을 내밀었다. 나는 그 뚱뚱한 소시지 손가락을 내려다보았고 뱃속이 울렁거리기 시작했다. 그는 손을 내

---

* 토마토소스로 맛을 낸 다진 고기를 둥근 빵 안에 넣어 먹는 것.

리고 웃음을 거두었지만 목소리는 명랑했다. "어서 들어와. 올리
비아…… 맞나?"

"네, 목사님."

나는 현관으로 조금 들어갔지만 한 발은 계속 문 가까이 두고
내가 거기서 그냥 몸을 돌려 달아날 경우 생길 낙진을 상상하고
있었다.

트레버가 층계를 달려내려왔다. 그는 마지막 계단에서 얼어붙
더니 눈을 가늘게 뜨고 아버지를 보았다. "엄마는 어디 있어요?"

"캐서린 이모를 살피러 갔다. 최근에 몸이 좋지 않다는구나."

"아." 트레버는 말했다. 그는 그 맨 아래 계단에서 조금도 움
직이지 않았다.

"자, 뭐든 어머니가 여기 있을 때 하는 대로 해." 닐리 목사가
트레버에게 말했다. "나는 아래층 서재에 있을 테니까."

트레버는 아버지가 사라지기를 기다렸다가 내려와 현관으로
왔다.

"어서 들어와." 그가 말했다. "당장이라도 튈 사람처럼 보이
네. 괜찮아?"

"그럼." 내가 말했다. "안 괜찮을 이유가 뭐겠어?"

"가끔 사람들은 아버지한테 위압감을 느끼거든. 네가 겁먹은
얼굴이기에."

나는 설득력 있기를 바라며 애써 웃음을 터뜨렸다. "내가? 겁을 먹어? 왜 이러셔. 네가 겁먹은 얼굴이야."

트레버의 얼굴이 약간 붉어졌다. 그는 바닥을 보고 있었다. "그냥 아버지가 이렇게 일찍 집에 와 있는 걸 보고 놀랐어. 그뿐이야."

나는 그 말을 믿지 않았다. 하지만 곧 그가 나에게 미소를 슬쩍 흘렸기 때문에 더는 말을 하지 않았다.

미즈 매릴린은 포일에 싼 그릴드치즈 샌드위치를 식탁에 두고 갔다.

트레버는 샌드위치를 크게 한입 물었다. "우리 엄마가 세상 최고의 요리사는 아니지만 그릴드치즈 하나는 잘 만들거든."

나도 한입 물었다. 샌드위치는 버터 향이 풍부하고 맛있었다. "이거 팬—" 말하려는데 트레버의 몸이 내 몸 위에, 입술이 내 입술 위에 있었다. 그의 몸은 내 몸을 식탁으로 밀어붙이고 있었다.

나는 입안의 샌드위치 조각을 삼키고 트레버의 키스에 반응했다. 그는 내 셔츠 밑으로 두 손을 집어넣어 내 가슴을 덮었다. 나는 신음을 토하며 균형을 잡으려고 손바닥을 식탁에 올렸다.

트레버가 손을 뒤로 돌려 브라를 풀려고 했다. "안 돼!" 나는 소곤거렸다. "못해. 네 아빠가……"

"……서재에 있어."

"그래. 하지만……"

트레버가 두 손을 들어올리고 뒤로 물러섰다. "네 말이 맞는 거 같네."

나는 숨을 내쉬며 그가 화내지 않아서 안도했다. 하지만 동시에 속으로 기쁨의 비명을 질렀고, 벌써 그 키스를 되돌려보고 있었다.

"이제 잔뜩 달아오른 채로 여기 앉아서 그냥 다항 방정식이나 풀라는 거지." 트레버가 말했다. 그는 짐짓 보폭을 늘려 성큼성큼 자기 의자로 걸어갔다.

"넌 정말 바보야." 내가 말했다.

그뒤로 우리는 과외를 할 때마다 먼저 짧게 비벼대는 시간을 가졌다. 설사 미즈 매릴린이 우리를 살펴본다 해도 첫 몇 분 동안 그러지는 않을 것임을 알고 있었다. 트레버와 비벼대기 시작하자 묘하게도 그와 미즈 매릴린이 관련된 부분에서는 죄책감이 덜어졌다. 적어도 몇 분 동안은 우리 둘의 부모를 잊을 수 있었고 그냥 좋아하는 남자애와 키스하는 여자애가 될 수 있었다. 간단했다.

4월 말 미즈 매릴린은 예순 살이 되었다. "오늘이 내 생일이야!" 그녀가 문을 활짝 열어 나를 맞으며 말했다.

"생일 축하드려요!" 내가 말했다.

"오늘 예순 살이 됐어. 이제 영계가 아니지!" 그녀가 깔깔거렸다. "알겠지만 트레버는 내 기적의 아이야, 내 인생을 바꾼 아기……" 트레버는 현관에 들어섰다가 대화 주제를 듣더니 몸을 휙 돌려 떠났다. 미즈 매릴린이 손을 뻗어 그를 잡아끌었다.

"나는 내가 어머니가 되는 게 하느님의 뜻이 아니라고 생각했어. 그런데 마흔세 살이 되었을 때 하느님이 이 아름다운 아이를 내게 주셨어!" 그녀는 말하며 트레버를 두 팔로 안았다.

"엄마, 왜 이래, 그만해요." 트레버가 말하며 몸을 꿈틀거려 빠져나갔다. "공부해야 돼."

"그래, 그래." 미즈 매릴린이 말했다. "두 학자분이 연구를 하시도록 나는 자리를 비켜줄게."

식사실에서 트레버는 나에게 키스하려 했다. "안 돼!" 나는 작지만 날카롭게 소리치며 그를 밀어냈다. 나는 그에게 등을 돌리고 눈물을 닦아냈다.

"알았어……" 그가 말했다. "그날인가보네, 아마도."

"안 웃겨."

트레버는 고개를 저었다. 우리는 자리에 앉아 그가 쪽지시험에서 놓친 문제를 훑었다. 그런 다음 그는 숙제를 시작했고 필요하면 멈추고 질문을 했다. 잠시 후 나는 짐을 싸며 일어섰다.

"뭐하는 거야?" 트레버가 손목시계를 보았다. "아직 십오 분

남았는데."

"그래서 이제 뭐, 시간 재는 사람이야?" 내가 쏘아붙였다.

"아니, 나는 그냥……" 트레버는 낙담한 표정이었다. "그냥 6번에 질문이 있어서."

나는 한숨을 쉬며 가방을 내려놓고 다시 의자에 앉았다. "봐," 내가 말했다. "네 어머니가 너를 끌어안고 싶어하면 그러라고 가만있어. 재수없게 굴지 말고."

다음주에 내가 갔을 때는 트레버가 문을 열었다. 퍼블릭 에너미* 티셔츠에 농구 반바지 차림이었다. 그 의미. 나는 운동을 좋아하는 사람이다, 나는 정의롭다. 내가 어떻게 그에게 계속 화를 낼 수 있겠는가?

나는 안으로 들어섰다. "미즈 매릴린은?"

"아빠하고 방금 병원에 가셨어. 이모가 정말 아프거든." 그의 목소리가 약간 갈라졌다. 그것을 가리려고 기침을 하는 척했다.

"안됐네. 괜찮아지시면 좋겠어."

"그래." 트레버가 말했다. "안 좋아질 수도 있다고 엄마가 말하는 걸 들었어. 심장이 약해지고 있어. 이모를 둘러싸고 기도회를 할 거래. 그게 무슨 도움이라도 될 것처럼."

---

* 정치적·사회적 의식이 있는 랩 그룹.

"너는 기도를 안 믿어?"

트레버가 나를 보았다. "나는 PK야. 당연히 기도를 믿지." 그의 목소리에서 빈정거림이 뚝뚝 떨어졌다.

"PK가 뭐야?"

"설교자의 자녀.* 다 아는 건 줄 알았는데."

"뭐, 네가 잘못 알고 있었네."

우리는 그 자리에 서서 서로 물끄러미 보고 있었다.

"아무한테도 말하지 않았는데," 내가 말했다, "나도 기도 안 믿어."

트레버는 특유의 어중간한 미소를 흘리며 고개를 저었다. "틀림없이 비밀이 많겠지."

"나는 비밀 잘 지켜."

트레버는 내 손을 잡으려 했고 나는 그에게 손을 내밀었다.

위층 방에서 트레버는 붐박스에 카세트테이프를 넣고 동작 버튼을 눌렀다. 키스 스웨트가 청승맞게 〈Make It Last Forever〉를 부르는 동안 우리는 키스하며 서로 옷을 벗겼다.

"우와." 내 브라와 팬티가 사라지자 트레버가 탄성을 질렀다. 곧 그의 두 손이 모든 곳에 닿았다. 이번만큼은 창피하거나 짜증

---

* Preacher's Kid.

이 나지 않았다. 힘이 넘치는 느낌이었다.

나는 트레버를 침대에 뉘고 그의 몸에 걸터앉아 가슴으로 그의 얼굴을 쓸었다.

"해본 적 있어?" 그가 물었다.

"아니. 너는?"

그가 한 박자 길게 머뭇거렸기 때문에 그가 뭐라고 답을 하든 진실은 그가 해보지 않았다는 것임을 알았다.

그는 진실을 말했다. 그래서 우리는 함께 콘돔을 끼우는 방법을 궁리했다.

트레버는 내 다리 사이에 자리를 잡고 눈을 감았다. 그가 무슨 생각을 하는지 궁금했다. 나는 그의 아버지와 나의 어머니 생각을 하지 않으려 했다. 그가 내게 들어오자 백열의 통증 때문에 눈물이 났다. 새 통증의 눈물과 옛 상처의 눈물이 함께 흘렀다.

"멈출까?" 트레버는 입으로 물었지만 계속 밀어넣고 있었다.

나는 그가 멈추는 걸 절대 바라지 않았다.

끝났을 때 우리는 콘돔을 없애는 위험한 일을 마무리했다. 임신에 대한 공포와, 우리가 그걸 하는 동안 내가 옆으로 밀어두고 있었던 그 모든 만에 하나가 다시 한꺼번에 밀려나왔다. 어머니는 나를 죽일 거다. 또 미즈 매릴린은…… 그녀가 얼마나 속상해하고 실망할지 생각조차 하고 싶지 않았다. 트레버가 이런 걸 하나라도 생각하는지 어쩌는지 몰라도 겉으로는 드러나지 않았다. 그는 그냥 우리 머릿밑의 베개 위치를 바로잡고 드러누워 나를 보며 미소를 지었다.

나는 팔꿈치에 기대 몸을 일으켰다. "아래층으로 도로 내려가야 한다고 생각하지 않아? 당장이라도 부모님이 돌아오실 수 있잖아."

"기도를 몇 시간은 할 거야. 나를 믿어."

그래서 나는 베개에 머리를 대고 그의 옆에 누워 천장을 물끄러미 바라보았다. "이제 어쩌지?"

"좋지 않았어?"

"아니, 그 말이 아니라…… 모르겠어. 이상해. 어떤 일이 어떻게 동시에 옳기도 하고 그르기도 하다는 느낌이 드는 걸까."

"아버지는 방금 우리가 한 일이 볼 것도 없이 그르다고 할 거야. 간음이라고."

"그걸 믿어?"

그는 어깨를 으쓱했다.

"하느님은 믿어?"

다시 어깨를 으쓱했다.

"오랫동안 나는 네 아버지가 하느님이라고 생각했어."

"그래. 너도 나도 둘 다 그랬네."

그러더니 트레버는 한 손은 내 쪽으로 뻗고 다른 손은 콘돔으로 뻗었다.

미즈 매릴린의 언니는 며칠 뒤에 죽었다. 다음번에 트레버 과외를 하러 가면서 내가 구운 복숭아 코블러를 미즈 매릴린에게 가져갔다. 닐리 목사가 없기를 바랐고 실제로 없어서 안도했다. 그게 마지막 과외 시간이 될 예정이었다. 트레버는 기말고사를 보고, 그다음에는 졸업, 그다음에는 애틀랜타의 모어하우스대학으로 떠날 것이었다.

"언니 일은 정말 안타까워요." 내가 말했다.

"고맙구나, 애야." 미즈 매릴린이 말했다. "지금은 편하겠지."

미즈 매릴린의 눈은 울음 때문에 빨갰다. 얼굴을 완전히 덮은 화장 없이 그녀를 보는 건 처음이었다. 머리도 헝클어지고 약간 부스스했다. 하지만 내가 코블러를 보여주자 손뼉을 쳤다. "오, 이런! 너무 좋아서 먹을 수가 없을 정도네. 정말 먹지 못할 정도야! 트레버!"

미즈 매릴린이 코블러에 관해 이야기를 하면서 언니가 사과 코블러를 잘 만들곤 했다고, "하느님 언니의 영혼에 안식을", 말하는 동안 현관 테이블의 새 액자 사진이 눈에 들어왔다. 사진에서 트레버는 턱시도를 입었고 밝은 녹색 프롬 가운을 입은 피부색이 연한 예쁜 여자애에게 팔을 두르고 있었다. 화장은 흠잡을

데 없었고 광택이 나는 곱슬머리로 잘 꾸몄다. 둘은 웨딩케이크 꼭대기에 놓인 인형처럼 뻣뻣하게 포즈를 취하고 있었다.

"―우리집에서 가장 좋은 그릇하고 포크, 나이프야. 특별한 음식에는 특별한 접시가 필요하니까. 오, 트레버하고 모니카 멋져 보이지 않아?" 내가 사진을 물끄러미 보고 있는 것을 보고 미즈 매릴린이 물었다. "여자애네 뒷마당에서 찍은 사진이야. 콜드웰 가족은 저 위 힐크레스트에 아름다운 집이 있거든. 완벽한 배경이야."

힐크레스트에 사는 우드버리 아카데미 여자애. 십 년이 넘도록 트레버의 아버지와 박아온 어머니를 두지 않은.

"네," 내가 말했다. "완벽하네요."

식사실에서 나는 한 입도 삼키기 힘들었지만 미즈 매릴린과 트레버는 코블러를 열심히 먹었다. 둘 다 지금까지 먹어본 최고라고 말했다. 미즈 매릴린은 한 입 먹을 때마다 눈을 감았다. 나는 이 모든 선량함을 받아들이려 했지만 그럴 자격이 없었다. 심지어 거기 속하지도 않은 채 흠 하나 없는 그녀의 집을 더럽히기만 했다. 트레버는 한 그릇을 다 먹고 접시를 옆으로 밀어내더니 팬째 먹기 시작했다. 그를 포크로 찌르고 싶었다.

트레버는 계속 나를 흘끔거리며 눈으로 질문을 했다. 미즈 매릴린이 공부하라고 말하고 떠나자 나는 숙제를 보자고 했고 그가 나를 막아섰다. "괜찮아?"

"네가 상관할 일 아니야."

"워워. 임신했어?"

"뭐? 아냐!" 내가 말했고, 소리가 너무 컸다.

"그럼 왜—"

"아무것도 아냐. 그냥 네 숙제나 보여줘."

"무슨 일인지 나한테 말 안 할 거야?"

무슨 일일까? 내가 뭘 바랐을까? 우리가 섹스를 했다는 이유만으로 그가 나를 프롬에 데려가는 것? 그는 여자친구가 있다는 이야기를 한 적이 없지만 나도 물은 적이 없었다. 그가 나에게 무슨 빚을 졌을까? 다른 누구라도 나한테 무슨 빚을 졌을까?

"너한테 여자친구가 있는지 몰랐어."

"오." 트레버가 말했다. "그래."

그래? 그게 다인가? 그래?

다음 사십 분이 일 년처럼 느껴졌다. 트레버는 숙제를 마쳤다. 나는 검사를 했고 틀린 곳을 함께 검토했다. 나는 가능한 한 말을 하지 않았다. 내 목소리는 느리고 무거워 다른 사람에게서 나오는 것처럼 느껴졌다.

과외가 끝나자 나는 가려고 가방을 쥐었다.

"잠깐." 트레버가 말했다. 그는 일어서서 나를 자기 쪽으로 당겼다.

"놔줘." 나는 그를 밀어냈다.

트레버는 어깨를 으쓱했다. "좋아. 그게 네가 원하는 거라면."

내가 원하는 거?

나는 다른 사람들의 비밀로부터 자유롭기를 원했다.

"그래," 내가 말했다. "이게 내가 원하는 거야."

현관에서 미즈 매릴린이 나에게 설거지를 끝낸 팬과 마지막 보수가 든 봉투를 건넸다. "보너스도 넣었어!" 그녀가 말하며 나를 끌어안았다. 밖으로 나서는데 그녀가 등에 대고 소리쳤다. "언제라도 나를 보러 와주렴. 가을이면 이 크고 오래된 집이 쓸쓸해질 거야."

"네, 사모님." 그렇게 말했지만, 나는 절대 가지 않을 것임을 알았다.

거리로 나서서 그들의 시야에서 벗어나자 나는 달렸다. 달렸고, 버스를 타고 집으로 오는 내내 울었다.

쿵쾅거리며 집으로 들어가니 어머니는 사온 식료품을 부엌에서 정리하고 있었다.

"어땠─?"

"받아요!" 나는 봉투를 어머니 가슴에 던졌다. 어머니는 그걸 막으려고 두 손을 들어올렸고 봉투는 그녀의 발로 떨어졌다. 나는 빈 코블러 팬을 바닥에 던지고 있는 힘껏 걷어찼다. 팬이 큰 소리를 내며 오븐 바닥으로 들어갔다.

"이봐 아가씨, 대체 왜 이러는지 모르겠지만—"

"나는 그 사람 돈 원치 않아요. 또 그 사람이 두 번 다시 이 집에 오는 것도 원치 않아요!"

어머니가 터뜨린 웃음은 메말랐고 경멸이 섞여 있었다. 그녀는 방을 가로질러와서 바로 내 얼굴 앞에 섰다. "우리가 누구 돈으로 이 집에서 먹고산다고 생각하는 거야? 마지막으로 전기가 끊긴 게 언제인지 기억해? 아니면 물이? 기억 못하지, 그렇지? 네가 뭘 원하지 않는지 이야기하기 전에 먼저 그분한테 감사를 해야지."

나는 고개를 저었다. "아니요. 자기 부인을 속이고, 나를 자기 가족에게 데려간 것에 전혀 감사할 생각 없어요. 그리고 차라리 집이 없는 게 나았겠지만, 어쨌든 내가 지붕 있는 곳에서 살게 해주려고 그 긴 세월 엄마가 그 사람하고 붙어먹은 것에 감사해야 할 것 같긴 하네요."

어머니는 손을 들어올리더니 아주 세게 내 따귀를 때렸고, 나는 하마터면 쓰러질 뻔했다. 내가 반격하려고 손을 들어올리자 그녀는 그 손을 보았다. "어서 때려." 그녀가 말했다. "있는 힘껏 잘 때려봐. 그리고 내 집에서 꺼져."

나는 손을 말아 주먹을 쥐었다. "왜 나를 이 일에서 빼주지 못했어요?" 눈물이 얼굴을 타고 흘러내렸다. 어머니는 내가 들어 올린 주먹만 계속 보고 있었다. "나를 봐요!" 나는 소리를 질렀다. 그러나 그녀는 보려 하지 않았다.

"안 한다고 말할 수 있었잖아." 어머니가 작은 소리로 말했다.

"내가요? 정말로? 누가 나한테 그걸 물어본 기억은 없는데요. 그러니까 이걸 내 탓으로 돌리려고 하지 말아요!"

어머니는 다시 따귀를 때렸다. "말조심해!"

나는 다시 주먹을 들어올렸다. "닐리 목사가 엄마가 다음에 만드는 코블러를 먹다 숨이 막혀 죽기를 바라요."

"그런 말 하지 마, 올리비아! 하느님은 추한 걸 좋아하지 않아."

"엄마는 나한테 하느님 이야기는 한마디도 할 수 없어요. 절대로. 엄마가 가장 추하니까. 엄마하고 닐리 목사가. 가장 추해." 가슴이 들썩거리고 있었고 원하는 것과는 달리 눈물이 멈추지 않았다. "그러니 이제는 걱정하지 마, 엄마, 내가 조금이라도 엄마처럼 되고 싶어할까봐. 맹세하는데, 내 인생은 절대 엄마 인생하고 같지 않을 거야. 아름다울 거니까, 부스러기가 아닐 거니까."

그리고 나서 나는 주먹을 내렸다. 당분간은 아무데도 갈 수 있는 데가 없었기 때문이다.

강설

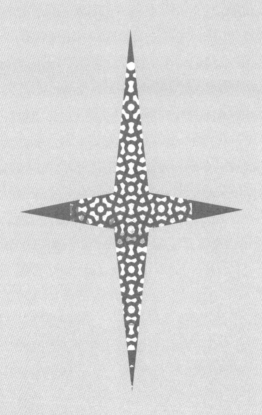

흑인 여자는 눈을 치울 수 없게 생겨먹었다. 론다는 우리가 무릎까지 눈이란 것에 빠져 있을 때 그 말을 중얼거린다. 하지만 우리는 그걸 해야 한다. 밤새 눈이 많이 오면 우리는 해가 뜨기 전에 일어나 옷을 입고 우리 자신을 삽으로 퍼서 밖으로 내보내 우리 혼다에서 눈을 치우고 이웃이 미끄러지고 넘어져서 거는 소송을 예방하고, 그러고도 정시에 출근해야 한다.

하지만 론다가 왜 그런 말을 하는지 알고 있다. 우리, 겉으로 보기에는 무슨 일이든 할 수 있도록 타고난 사람처럼 보이는 우리는 절대 이 일만큼은 할 수 없도록 타고났다. 눈과 얼음을 이곳에서 저곳으로 옮기고 차 앞유리에서 치우는 동안 우리 손이 얼어붙지 않게 해줄 장갑은 존재하지 않는다. 추위에 우리 발가락이 마비되는 것을 막아줄 장화는 존재하지 않는다. 아무리 바지를 많이 껴입고 방수 바지까지 입어도 냉기를 몰아낼 수가 없다. 우리는 추위를 가슴 깊은 곳까지 느낀다. 그리고 아니, 육체 활동으로도 몸이 따뜻해지지 않는다. 뜨겁게 울화만 치밀 뿐이다.

인정하고 싶지 않지만 눈은 아름답다. 눈이 저렇게 가볍게 흩날려 헐벗은 가지에 내려앉을 때는, 부풀어오른 솜 같고 순수해 보일 때는. 문제는 눈이 요구하는 작업이다.

그럼에도 나는 차 트렁크의 눈을 긁어 줄무늬를 내면서 "어쩌면 우리만 그런지도 모르지" 하고 말한다. "이 도시에서 나고 자란 모든 흑인 여자들…… 그래, 뭐, 그렇게 많지는 않지만…… 그래도 그 여자들은 이제는 익숙해졌겠지. 우리야 여기 와서 첫 겨울이니까. 혹시 시간이 지나면……"

"모든 걸 끝까지 따지고 들 필요는 없어, 알레사." 론다가 진입로 가장자리의 얼음조각을 긁어내며 말한다. 론다가 나한테 열을 낼 때 나는 알레사가 되고, 나머지 시간에는 릴리가 되는데, 그 나머지 시간이 대부분이다. 대부분의 시간에 우리는 쪼개서 분석하고 싶은 나의 욕구와 선언문으로 모든 걸 온전하게 유지하고 싶은 론다의 욕구 사이의 공간에 살고 있다.

바로 지금 우리는 별 뜻 없이 시작된 또 한번의 잠자리 대화 뒤의 아침 공간에 살고 있다. 내가 몇 시간 동안 천장을 물끄러미 보다가 또 늦잠을 잔 공간, 론다가 또 혼자서 눈과 얼음을 잔뜩 치워야 하는 공간에 살고 있다. 내가 몸을 굴리며 론다에게 오 분만 더 달라고 세번째로 말했을 때 론다는 대답하지 않았다. 일어나자 론다가 삽으로 진입로의 얼음장을 찌르는 소리가 들렸다. 나는 우리 침실 창문으로 론다가 일하는 것을 지켜보았다. 눈송이가 점점이 박힌, 어깨까지 늘어진 로크 머리*에 스컬캡을 꽉 눌러쓰고 있었다. 가냘픈 두 팔은 가능해 보이는 것 이상으로 강한 타격을 얼음에 가하고 있었다.

나는 차 후드에서 마지막 눈더미를 쓸어내고 스크레이퍼를 다시 트렁크에 갖다댄다. 론다는 얼음 치우는 일을 거의 끝냈다.

대학에서 가르치는 내 일 때문에 지난여름 이곳으로 왔을 때 우리는 눈이 올 것임을 알았지만, 눈이란 것이 우리의 수많은 낮과 밤의 경로를 규정할 줄은 알지 못했다. 우리 둘 다 아직 눈에서 운전하는 법에 완전히 숙달되지 않았으며, 그간 우리의 경험은 어떤 우버 기사가 걸리냐는 운에 맡겨야 한다는 사실을 알려주었다. 그래서 우리는 식료품을 잔뜩 사놓고 맑은 날에 가능한 한 볼일을 많이 보러 바쁘게 다닌다.

하지만 단지 눈 때문은 아니다. 낮은 기온만으로도 우리는 〈오

---

* 여러 가닥으로 꼰 머리.

피스〉몰아보기와 태국 음식 배달에 매달려 살게 되었다. 추운 날씨에 밖에 나가 있으면 왠지 약간 짜증이 나서 오로지 난방이 된 다음 장소로 가는 것에만 정신을 팔게 된다.

우리는 이보다 따뜻한 곳, 조지아와 플로리다에서 나고 자랐다. 그곳은 우리 조상을 소유했던 사람들을 조상으로 둔 백인들에게 남아 있는 매력, 그들의 예의바른 미소, 고상함이라는 측면에서도 더 따뜻했다. 남부에서는, 날씨 때문에 눈물이 눈을 비집고 나와서 지나가던 모르는 사람의 얼굴에 우리를 걱정하는 표정이 백만분의 일 초 동안 나타났다 사라지는 일은 없었다. 바람 때문에요, 그 사람에게 그렇게 말하고 싶지만 백만분의 일 초는 그러기에 충분한 시간이 아니다. 남부에서는, 날씨 때문에 뼛속까지 아프거나 자는 동안 날씨가 계단, 인도, 진입로, 차에 저지른 짓에 대처하기 위해 어쩔 수 없이 삼십 분 일찍 일어나는 일은 없다.

하지만 남부에는 허리케인이 있지 않나, 사람들은 말한다. 그래, 하지만 염병할 거의 매일은 아니고, 일 년의 꽉 찬 사분의 일 동안도 아니다.

남부에서 왔다고 하면 이곳 사람들은 열에 아홉은 똑같이 케케묵은 말을 한다. "햇빛이 정말 그립겠군요." 론다와 나 둘 다 듬뿍 쏟아지는 햇빛과 편안한 아침 통근을 당연시하던 때를 그리워한다. 하지만 진짜로 그리운 것은 우리의 핏줄이든 아니든 우리 어머니와 할머니와 아주머니들의 웃음소리와 포옹이다. 우리는 그들이 식사하는 방의 커다란 오크 테이블이, 우리가 70년대와 80년대 아이들답게 그들이 주는 바나나 푸딩을 몇 그릇씩 비우는 동안 그들은 마치 우리가 그곳에 없는 사람인 것처럼 자기들끼리 몸무게가 얼마나 늘었는지 이야기하던 그 테이블이 그립다. 그들의 부엌 테이블에 앉아 통로에 놓인 텔레비전으로 〈젊은 사람들과 불안한 사람들〉을 보며 껍질 콩 꼭지를 따고 완두콩 껍질을 벗기는 걸 돕던 일이 그립다. 그들이 빅터 뉴먼을 사랑하고 질 포스터를 미워하고 미스 챈슬러*를, 그녀가 다이아몬드가 뚝뚝 떨어지는 듯한 샹들리에 귀걸이를 단 모습을 부러워하던 모습이 그립다.

나무집게로 빨랫줄에 빨래를 걸기 위해 위로 쭉 뻗으면 드러나던 그들의 갈색 두 팔이 그립다. 온종일 뒷마당 피크닉 테이블에 올려놓은 큰 주전자들에 우렸다가 초저녁이 되면 설탕을 잔뜩 넣어 접시에 담긴 프라이드치킨과 함께 홀짝이던 선 티**가 그립다. 밤이면 너무 푹신한 매트리스에 다림질한 시트와 삼대

---

* 빅터 뉴먼, 질 포스터, 미스 챈슬러는 모두 1970~80년대 미국 드라마 〈젊은 사람들과 불안한 사람들〉 속의 등장인물.

** 끓이지 않은 물에 찻잎을 담그고 햇볕을 받게 해 우린 차.

째 내려오는 낡은 담요가 덮인 기둥 네 개짜리 침대에서 그들 옆에 누워 있던 때가 그립다. 아침에 교회 가기 전 분무기로 뿌린 화이트 숄더스의 옅은 향기와 더불어 앱소빈 주니어 리니먼트* 냄새가 진하게 풍기던 그들의 실내복이 그립다. 그들의 침대에서 손을 잡고 우리가 좋아하던 텔레비전 드라마를 보면서 그들 피부의 부드럽게 접힌 곳을 손으로 더듬던 때가 그립다. 〈댈러스〉 〈다이너스티〉〈놋스 랜딩〉〈팰컨 크레스트〉.

　그들이 웃음을 터뜨리며 편하게 서로를 대하던 모습이 그립다. 그들의 우정은 평생 지속되었으며, 제멋대로인 남편과 배은망덕한 자식들과의 관계보다 오래갔다. 알마가 바람피우다 들킨 조의 머리를 그가 전쟁 때 샀던 검으로 내리치고 조는 병원에 가서 누가 그랬는지 모른다고 잡아떼던 때 이후로도 계속되었다. 자식 아홉 가운데 일곱이 몰래 손을 댈 게 틀림없어 약병을 신발 속에 감추어야만 했던 때 이후로도 계속되었다. 자신 외에 모든 사람을 심판하는 듯하던 그들의 태도가 그립다. 아니 어쩌면 그런 심판은 아무것도 묻지 않던 베이 스트리트의 중국 의사에게서 구한 '신경' 약 때문이었는지도 모른다. 그들이 금요일에는 갈색 액체가 담긴 컵을 몰래 쥐고 있다가 일요일이 오면 뻔뻔하

* 바르는 진통제.

118

게 예수를 외치던 모습이 그립다.

그들이 젊은 여자였을 때 어떤 사람이었는지 궁금하게 만들던 그들의 하나뿐인 금니가 그립다.

즉석에서 마당에 모닥불을 피우고 벽돌 위에 세탁통을 얹은 다음 껍질이 핏빛으로 빨개질 때까지 삶던 파란 게가 그립다. 그 세탁통을 보면 가마솥이 떠올랐는데, 안에는 암염과 붉은 고추를 탄 물이 보글거리고 출렁거렸으며 양념과 반으로 자른 양파와 고추가 든 그물 봉지가 위에 떠 있고 그 옆에는 감자와 옥수수가 있었다. 그들이 가마솥 위에 물약을 젓는 마녀들처럼 서 있던 모습이 그립다. 그들은 코끝에 땀방울이 맺히고 손과 손목 주위에 연기를 휘감은 채 자루가 긴 숟가락을 휘둘러 임박한 죽음 앞에서 미친듯이 다리를 휘두르는 게를 눌렀다.

그들이 우리 부활절 드레스와 파운드케이크를 만들던 모습, 길이 없던 곳에 길을 만들던 모습이 그립다.

하지만 우리는 서로를 택하면서 그 모든 것을 잃었다. 오직 기억만 남아 있다. 그래서 각자 다른 곳에서 성장했음에도 우리의 잠자리 대화는 자주 "그때 기억나……"로 시작한다. 우리의 노스탤지어만 있을 뿐 거기서 우리를 떼어낼 것은 아무것도 없는 어둠 속에 누워. 심지어 서로도 없는, 더는 없는.

—

플로리다의 내 작은 타운에도 눈이 한 번 내린 적이 있다. 1989년. 나는 대학의 겨울방학을 맞아 집에 가 있었다. 어린 시절 친구인 토냐를 만나러 갔는데 엄마가 토냐 집으로 전화해서 걱정하며 나를 찾았다. 일기예보를 봤나? 보지 않았다. 어머니가 예보에서 눈과 얼음을 주의하란 이야기가 나왔다고 말했을 때 나는 웃음을 터뜨리며 지금 술 마시고 있느냐고 물었다.

엄마는 씩씩거렸다. "아가씨, 나 지금 심각해. 이런 날씨를 갖고 장난치면 안 돼. 저기 메이레타가 말했어, 이 사람들은 그런 길에서 운전하는 법을 모르기 때문에 차들이 사방에서 막 미끄러진다고. 아까 집에 오는 길에 처치 치킨에 들러 치킨 두 조각을 갖다달라고 했지만, 안 되겠어, 그냥 집으로 곧장 와라."

"네, 어머니."

하지만 물론 나는 귀담아듣지 않았다.

나는 토냐의 집에 한 시간을 더 머물렀다. 나중에 엄마는 전화를 또 걸었다고 말했는데 토냐의 어머니가 전화를 걸고 있었던 것 같고 그 집에는 통화중 대기가 없었다. 마침내 통화가 되었을 때 나는 떠난 뒤였다. 물론 휴대전화가 없던 시절이었다. 그래서 내가 문안으로 들어서자마자 엄마는 야단을 치기 시작했다.

"어디 도랑에 처박혀 죽은 줄 알고 걱정하다 병이 날 뻔했어!"

내가 처치 치킨 봉투를 내밀자 엄마는 그걸 외계인 보듯이 봤다.

"아까 내가—"

"알아." 내가 말했다. "하지만 토냐네서 처치 치킨 가는 길, 또 거기에서 여기 오는 길은 괜찮았어. 그리고 엄마가 정말 치킨을 먹고 싶어했다는 걸 알고 있거든. 다 날개만 가져왔어." 나는 다시 봉투를 엄마한테 내밀었다. "그리고 고추도 잊지 않고 챙겼어."

엄마는 애용하는 팔걸이의자에 앉아 웃음과 울음을 함께 터뜨렸다. 엄마는 나를 끌어내려 무릎에 앉히고 내 몸을 흔들었다. 나도 덩치가 엄마만 했으니 우리는 볼만했을 거다.

"릴리, 이 세상에 나한테는 너뿐이야." 엄마가 말했다. "너한테 무슨 일이라도 생긴다고 생각하면……"

늘 엄마와 나뿐이었다. 엄마는 결혼하거나, 내가 아는 한, 데이트를 한 적이 없었다. 나의 아버지는 아버지가 되고 싶지 않았다. 어쨌든 나의 아버지는 되고 싶어하지 않았다. 엄마는 그에게 처자식이 있었고 내가 태어나기 전 엄마와 엄마 가족이 다니던 교회의 집사였다고 말해주었다. 엄마는 마흔한 살 때—"영계는 아니었지!"—주님이 나를 주었고 주님은 절대 실수하지 않는다고 말했다. 나는 엄마가 나를 사랑한다는 것을 알았다. 늘 일 두 개를 동시에 하고 나에게 필요한 모든 것과 내가 원하는 거의 모든 것을 가질 수 있도록 희생한다는 것을 알았다. 내가 다섯 살 때, 집에 전기가 끊어지지 않도록 유지하는 게 엄마가 할 수 있는 최선이었던 시기에 갔던 디즈니 월드. 엄마가 부업으로 일 년에 버는 돈과 내 학비가 같았을 때 대학으로 보내준 십 달러 우편환. 그래서 내가 굳이 엄마한테 치킨을 가져온 것이었다. 엄마는 나를 위해 모든 일을 했고 자신을 위해 거의 아무것도 하지 않았다.

그러나 어머니의 사랑은 여름날의 아름다운 누비이불처럼 숨막히는 것, 몸에 스치면 쓸리고 계절이 바뀌었는데 어디론가 사라졌을 때에나 아쉬운 것이었다.

당시 나는 토냐가 단순한 친구 이상이라는 것을 알게 된 후에도 어머니가 계속 나를 사랑할지 알지 못했다. 그리고 그것을 확인하려 하지 않았다.

—

론다와 나에게 이 도시에 사는 흑인 여자친구들이 없지는 않다. 페이스, 스테이시, 멜라니, 켈리가 있다. 그러나 뼈가 그 골수와 같지 않듯이 우정도 역사와 같지 않다. 이 친구들, 그들은 이 도시—쇠와 강철과 추위의 도시—가 우리가 떠나온 곳보다 낫고 더 안전하다고 우리에게 말한다. 그들은 우리가 떠나온 곳을 상상하며 남부연합기*와 레드넥**, 또 황금 그릴즈***를 끼고 암캐와 창녀에 관해 지껄이는 먼지를 뒤집어쓴 놈들을 본다. 집은 보지 않는다.

우리가 밤에 침대에 누워 "그때 기억나"를 할 때 론다도 집을 보지 않는다. 그냥 세피아색 순간들과 세피아색 사람들, 호박琥珀 속에 고정된 유물을 볼 뿐. 낡아서 만질만질한 앨범을 다시 책꽂이에 꽂거나 TV 랜드****에서 〈좋은 시절〉을 본 뒤 텔레비전을 끄는 것처럼. 그녀는 아주 쉽게 잠으로 떠내려간다. 나 혼자 내 생각을 막아내도록 남겨두고.

어젯밤, 내 생각이 이겼다. 나는 천장을 물끄러미 바라보며, 침대에 누워 있는 어머니 생각을 했다. 어머니의 세계에서는 겨울이면 누비이불과 휴대용 난방기 하나로 충분했다. 10월 이후

이야기를 나눈 적이 없는데 그때도 상대가 살아 있는지 확인하기 위한 것에 가까웠다. 우리는 '여성 보조단' 생선 튀김과 어머니가 교회 '여성의 날'을 위해 산 모자 이야기를 했다. 어느 나이든 이웃의 아들이 마약을 판 죄로 삼진 아웃 법에 걸려 감옥에 갔는지, 내 대학 일자리가 마음에 드는지 아닌지(든다). 이어서 평소의 긴장이 돌아오고 우리 둘 다 느끼는 후회—전화를 건 것에, 받은 것에—가 손에 잡힐 듯 느껴졌다.

이런 드문 통화에서 어머니는 절대 론다에 관해 묻지 않았다. 나는 천장을 물끄러미 바라보며 어머니가 미스 메이레타나 다른 친구들에게 우리 이야기를 할 때 지금도 론다를 "우리 아이가 인터넷에서 만난 어느 여자애"라고 부르는지 궁금했다. 내가 말해주었기 때문에 어머니는 론다의 이름을 안다. 나는 나에 관해 모든 것을 말해주었으나 어머니는 그것을 모른다고 주장했다. 그 무지는 어머니의 질문, 오랜 세월에 걸쳐 끝도 없이 던지는 이름 없는 남자애들에 관한 질문에 의해 거짓임이 드러났다. 어떤 남자애도 나한테 전화한 적이 없고, 나를 프롬에 데려간 적이 없고, 어머니가 나를 부끄러워할, 지금과는 다른 이유를 제공한 적이 없는데도.

어머니는 론다의 이름은 알았지만 그것을 입에 올리려 하지 않았다. 론다를 만나려 하지 않았다. 내 영혼을 위해 기도하는

124

것 외에 어떤 일도 하지 않으려 했다. 여덟 달 전 내가 어머니의 집 현관문을 마지막으로 걸어나올 때 어머니는 내 등에 대고 말을 내던졌다. "인터넷에서 만난 어느 여자애하고 여기서 달아나다니. 너를 누가 길렀는데?"

릴리, 이 세상에 나한테는 너뿐이야……

어떻게 어머니의 세상은 나를 빼놓고도 계속 제대로 돌아갈 수 있었을까?

어쩌면 그렇지 않았을지도 모른다. 어쩌면 어머니도 침대에 누워 내 생각을 하고 있었는지 모른다, 걱정하면서. 어쩌면.

론다의 어머니는 론다가 십대 때 그녀를 내쫓았다. 그들은 이십 년 동안 말을 하지 않았다. 론다는 한동안 남의 집 소파를 전전하다가 열여덟이 되어 도시로 갔고 우체국에서 일을 얻었다. 저축을 해서 자신의 아파트를 마련했고 다시는 자신을 원치 않는 어떤 곳에도 가지 않겠다고 맹세했다. 론다를 만났을 때 우리는 서른이었고 론다는 막 집을 샀다. 몇 년 동안 서로 사는 도시를 왔다갔다하다가 내가 대학에서 일자리를 얻었다. 내가 함께 이곳으로 이사 오자고 했을 때 론다는 망설이지 않았다.

"네가 집이야, 릴리." 론다가 말했다. 처음에는 무슨 말인지 이해하지 못했다. 그러다 이해했다. 처음 이곳에 이사 왔을 때 나는 론다 말이 맞을 수도 있다고 믿었다. 우리가 곧 우리에게 필요한 모든 집이라고 믿었다. 온화한 여름 끝자락 내내, 그리고 멋드러진 붉은빛-황금빛 가을 내내 그렇게 믿었다.

그러다 어젯밤 천장을 한 시간 정도 바라보다 한 번도 안 했던 짓을 했다. 론다를 깨웠다. 나는 그녀에게 물었다. "우리가 다시 남부로, 다시 집으로 가는 거 생각해본 적 있어?"

올해 언젠가, 론다의 사촌은 사람들이 론다에 대해 궁금해할 때마다 그녀의 어머니는 론다가 아마 어딘가에서 죽었을 거라 말한다고 론다에게 전해주었다. 그 사촌이 론다가 잘살고 있다는 걸 어머니에게 알려주었음에도.

어둠 속에서 론다의 얼굴을 볼 수는 없었지만 이어지는 침묵에서 나는 그녀가 눈을 깜빡이며 잠의 안개에서 빠져나오고 있다고 상상했다. 이윽고 그녀가 말했다. "알레사, 어디가 집인지 이미 말했잖아. 나한테는."

그 순간, 내가 한 질문을 거두어들이고 싶었다.

—

론다는 삽을 벽에 기대놓고 눈을 치운 진입로와 보도에 소금을 뿌린다. 나는 따뜻한 차 안에서 그녀를 기다린다. 차가 한 대밖에 없고 대중교통은 엉망이기 때문에 법원 사무직원인 그녀를

126

청사에 내려주고 캠퍼스까지 갈 것이다. 금요일에는 오후에 '흑인 페미니즘'을 가르치기 때문에 그전에 몇 시간 과제를 채점하고 수업 준비를 한다.

론다는 소금 뿌리기를 마치자 내 옆에 올라탄다. 나는 그녀의 로크 머리에 놓인 약간의 눈송이를 털어내고 눈송이는 내 손의 열에 녹는다. 내 손길에 그녀의 몸이 굳은 건지 아니면 그저 내 상상인지 알 수가 없다. 진입로에서 차를 후진시킬 때 그녀의 침묵은 앞쪽 가능성을 암시한다.

"예보에선 눈보라가 한번 더 통과할 거라는데." 내가 말한다. "몇 주나 더 이런 거지 같은 일이 벌어지는 거야?"

"뭐든 그 마멋*이 말하는 대로겠지, 아마도." 론다가 말한다.

동네를 벗어나려면 가파른 언덕들을 천천히 내려가야 한다. 브레이크가 잠겨 정지신호를 그대로 통과해 미끄러질까 두렵다. 더 큰 두려움은 다른 운전자들, 아마도 토박이들일 운전자들로 그들은 이런 날에도 속도를 거의 줄이지 않는다, 일단 눈만 없으면 무한 경쟁이다. 하지만 이곳에 오래 살다보면 검은 도로는 그냥 도로지 검은 얼음**이 아니라는 것을 더 자신하게 되는 것이

---

* 마멋의 날 2월 2일은 미국에서 마멋이 겨울잠에서 깨어난다는 날인데, 해가 나서 마멋이 자기 그림자를 보게 되면 다시 겨울잠으로 돌아가 겨울 날씨가 육 주 더 계속된다는 이야기가 있다.

리라 짐작한다. 론다와 나에게는 그런 자신감을 줄 자료가 임계질량이 될 만큼 쌓이지 않았다. 하지만 토박이들은 물론 이것을 모른다. 그들은 우리가 너무 느리게 가서 마음에 들지 않으면 우리 범퍼까지 바짝 다가와 빵빵거리거나 우리를 훌쩍 추월한다. 뒤쪽 창에 "우리는 여기 출신이 아닙니다. 이해해주세요"라고 적힌 안내판을 걸고 싶은 심정이다.

론다는 그들이 쌩하며 우리 옆을 달려가면 그냥 "좆같은 인간들" 하면서 가운뎃손가락을 들어올릴 뿐이다.

하지만 오늘 도시로 들어가는 길은 좆에서 자유롭다. 무례한 운전자들이 추월하고 빵빵거려도 론다는 아무 말도 하지 않는다. 법원 앞에서 그녀가 차에서 내리기 전 내가 키스하려고 몸을 기울이지만 우리 입술이 닿을까 말까 했을 때 그녀는 이미 사라지고 없다. 우리가 침대에서 키스하고 회상하는 것 이상의 일을 해본 게 언제였더라?

하지만 키스는 비록 그 정도라 해도 여전히 키스다. 고향에서라면 하지 않지만—할 수 없지만—여기서는 할 수 있는 모든 일에 주목하고 그 목록을 작성하는 일을 내가 언제나 멈추게 될지 궁금하다. 그 목록이 길어지다 이만하면 됐다 싶을 때가 올지 궁

** 도로 표면에 생긴 잘 보이지 않는 얇은 빙판.

금하다. 나에게.

캠퍼스에 도착하니 치운 눈을 여기저기 쌓아놓아서 주차할 곳을 찾기가 평소보다 힘들다. 결국 내 연구실에서 두 블록 떨어진, 가로수가 늘어선 이면도로에서 자리를 하나 찾는다. 추위에 대비하며 차문을 연다.

차에서 내리자 발이 곧바로 미끄러진다. 작은 빙판에 엉덩방아를 찧으며 어깨와 등이 차의 하단부에 긁힌다. 열린 차문이 시야를 가리고 있고, 처음 든 생각은 누가 봤나?다. 하지만 남이 나를 봤기를 바라는지 아닌지 잘 모르겠다.

냉기가 방수 바지를 뚫고 스며들고 통증이 등허리에서 어깨로 순식간에 타고 오른다. 일어서고 싶지만 다시 미끄러져 넘어질까 걱정이다. 사람들이 걷거나 차를 타고 지나가는 소리가 들린다. 그들에게 외칠 수도 있다. 도움을 얻을 수도 있다. 하늘을 올려다본다. 머리 위의 나뭇가지처럼 잿빛이다. 가지들은 쌓인 눈의 무게에 굴복하여 내 쪽으로 구부러져 있다.

생각 하나가 결정체를 이루면서 자리를 잡는다. 오랫동안, 어쩌면 십 년 동안 해본 적이 없는 생각. 어머니가 필요하다.

전화기가 차 뒷좌석의 핸드백에 있지 않았다면 바로 이 순간 전화를 할 거다. 내가 내려앉을 부드러운 자리가 되어주었던 어머니. 결국 달라졌지만.

온 데가 다 아프다. 일어서면 훨씬 아플 거라는 생각이 든다. 연구실까지 두 블록을 걸어간다는 생각만으로 움찔한다. 그러다 내가 우스꽝스러운 짓을 하고 있다고 다그친다. 일어서. 일어서 일어서 일어서. 그렇게 머릿속에서 반복하다가 나직이 입 밖에 내며 마침내 무릎을 꿇는 자세로 바꾼다. 몸을 일으켜 운전석에 다시 들어가 문을 쾅 닫는다. 시동을 걸고 난방도 켠다. 흐느끼는데, 마치 다른 사람에게서 나는 소리 같다. 전에 작은 수술 뒤에 깨어날 때 근처에 도무지 울음을 그치지 않는 여자가 있어 짜증이 난 적이 있는데, 그 여자가 나라는 걸 미처 깨닫지 못했다.

핸드백을 잡으려고 손을 뒤로 뻗자 아프다. 그래도 뻗는다. 전화기를 꺼내 어머니 번호를 찾는다. 앉아서 '통화' 버튼 위에 손가락을 올린다. 영원의 시간이 흐르는 것 같다. 마침내 '최근 통화' 목록을 넘기다 론다의 이름을 누른다. 그녀가 전화를 받기 전에 울음을 제어하고 싶지만 뜻대로 되지 않는다.

"릴리, 베이비, 천천히, 천천히." 그녀가 말한다. "무슨 이야기를 하는지 못 알아듣겠어. 무슨 일이야?"

"이 좆같은 눈이 싫어!"

"알았어……"

"눈이 싫어. 겨울이 싫어. 이 도시가 싫어! 여기 있고 싶지 않아."

침묵. 론다가 한숨을 쉰다. "어디 있고 싶어?"

"나는…… 모르겠어."

"아는 것 같은데."

"미끄러졌어."

"뭐?"

"차에서 내리다 미끄러져서 넘어졌다고. 괜찮아. 하지만……
어머니한테 전화를 할 뻔했어."

침묵. 이윽고 론다가 말한다. "그럼 좋겠네?"

나는 그것이, 어머니에게 전화하고 싶은 이 충동이 원시적 반
응일 뿐이라고 설명하고 싶다. 그녀도 집이라고, 이제는 그녀가
내가 내려앉을 부드러운 자리라고, 또 나는 그녀의 부드러운 자
리라고 말하고 싶다.

하지만 내가 할 수 있는 어떤 말도 내가 누리는 어머니 특권이
라는 사실을 바꾸지 못할 것이다. 나는 원하면 어머니에게 전화
를 걸 수 있고 어머니는 전화를 받아 약간의 위로와 걱정을 해줄
것이다. 낯선 사람에게 해주는 것과 똑같은 위로와 걱정. 적어도
나는 그걸 얻을 수 있다. 론다는 그럴 수 없다.

"릴리, 정말 괜찮은 거면," 론다가 말한다, "나 지금 일해야 하
거든."

새 눈물에 눈이 따끔거린다. "정말이지. 그래."

전화가 끊기고 전화기를 핸드백에 도로 넣는다. 통증을 밀어내며 다시 차에서 나온다. 이번에는 빙판 너머에 발을 딛는다. 연구실까지 걷는 건 별로 어렵지 않지만 부딪힌 등과 어깨에서 고동이 치는 것을 느낄 수 있다.

수업이 시작할 때까지 타이레놀 세 알을 먹었고 평소처럼 서서 강의를 하는 대신 앞에 있는 의자에 앉아서 진행한다. 어쩌면 평소보다 한 박자 늦게 움직이고 있는지도 모르겠다. 하지만 내 학생들, 여자 열두 명과 남자 두 명으로 이루어진 열의에 찬 그룹은 알아채지 못하는 듯하다. 나는 그들에게 완전히 끔찍한 나의 하루에 그들만이 유일하게 밝은 지점이라고 말한다. 무슨 소리냐고 어리벙벙할 게 분명하지만 그래도 말하고 싶었다.

나중에 론다가 차에 타면서 어떻냐고 묻는다. 나는 괜찮다고 대답하고 우리는 러시아워의 차량 사이를 느릿느릿 기어간다.

"릴리…… 아까 말한 건 미안해. '그럼 좋겠네.'"

"괜찮아, 베이브. 이해해."

"사실, 괜찮지 않아. 단지 내…… 단지 누가 내게 상처를 준다고 해서 내가 너에게 상처를 주는 건, 네가 내게 바라는 대로 있어주지 않는 건 괜찮지 않아."

무슨 말을 해야 할지 모르겠다. 우리 동네로 들어설 때 눈이 펑펑 내리기 시작한다. 나는 차를 진입로로 들이밀고 다시 통증을 밀어내며 천천히 차에서 빠져나온다. 내 두 발이 단단히 자리를 잡았을 때, 론다가 따로 갖고 다니는 차 열쇠를 손에 쥐고 운전석 문 옆에 서 있는 게 눈에 들어온다.

"어서 올라가. 좀 이따 봐." 그녀가 말한다.

"어디 가려고? 눈 오는데."

"알아. 괜찮을 거야."

"하지만 어디 가는 건데?"

론다는 고개를 젓는다. "어서 집에 들어가서 욕조에 따뜻한 물 받아놓고 들어가 있어. 응?"

나는 안으로 들어가 욕조 물을 틀고 걱정하지 않으려 한다. 우리 욕조는 갈고리 모양 발이 달린 것으로 어렸을 때 우리집에 있던 것과 같다. 론다는 내가 욕조 때문에 이 집을 골랐다고 생각하는데 맞을지도 모른다. 이 집보다 상태도 낫고 동네도 나은 집들이 있었지만 이 집에만 갈고리 발이 달린 욕조가 있었다. 나는 물에 몸을 담근다. 물이 등과 어깨를 덮고 눈까풀이 감긴다.

아마도 론다는 첫눈이 온 밤 이런 기분이었을 거다. 나는 눈 속에 나가 차를 몰고 있었고 그녀는 집에서 걱정하고 있었다. 그녀는 그날 전기공이 집의 콘센트 몇 개를 교체하러 온다고 해서 일하러 가지 않았다. 눈과 사고 때문에 도로는 끔찍했고, 나는 어두워지고 나서도 조금 지난 뒤에야 집에 도착했다. 론다는 내가 안전하다는 걸 확인하기 위해 계속 나와 통화를 하고 있어야 할지 아니면 내가 운전에 집중하도록 전화를 끊어야 할지 갈등하고 있었다. 그러다 내 전화기 배터리가 바닥나면서 딜레마는 해결되었다.

지금은 완전히 충전된 전화기가 욕조 옆 바닥에 있다.

나는 일부러 어린 시절 놀이에 정신을 판다. 두 손에 비누칠을 하고 '오케이' 표시를 만든 손가락을 임시 막대로 사용해 거품을 분다. 등과 어깨의 통증이 가라앉기 시작한다. 통증이 비누 속으로 섞여들어가 물속으로 사라지고 있다고 상상한다.

결국 깜빡 잠이 든다. 이따금 잠에서 깨 뜨거운 물을 보충하고 전화기를 확인한다. 어느 때인가 론다가 보낸 문자가 있다. 가는 중. 나는 사랑해 하고 답 문자를 보낸다. 답이 없다.

다시 잠을 깼을 때 론다가 욕조 옆에 내가 입고 자는 커다란 티셔츠를 하나 들고 서 있다.

"등이 꼭 곰과 싸운 것…… 그리고 진 것 같아. 자." 그녀가 말한다. "아래층에 준비한 게 있어." 그녀는 일터의 옷을 벗고 이곳에 이사온 후로는 본 적이 없는 끈 없는 여름 드레스를 입고 있다. 몸의 물기를 닦고 그녀를 따라 아래층으로 내려간다.

눈으로 보기 전에 냄새부터 맡는다. 먼저 후추가 코를 때리고 이어 모든 향기가 함께 다가온다. 양파, 후추, 올드 베이*, 자타

레인의 게 삶는 양념.

식료품점 봉투가 바닥과 조리대에 흩어져 있다. 부엌 식탁은 론다가 가게에서 산 게 틀림없는 신문에 덮여 있다. 우리 어머니는 늘 뒷마당 피크닉 테이블을 덮기 위해 신문을 모아두었다. 어머니의 식탁과 마찬가지로 녹인 버터, 루이지애나 핫소스 병, 스위트 티 주전자가 놓여 있다.

스토브 위에는 육수 냄비에 밝은 빨간색 물이 한가득 요동치고 있다. 대게 다리, 감자, 옥수수가 가득한 아주 작고 성난 바다.

우리는 모두가 추천하는 신선한 해물 가게 홀리스에서 살아 있는 바다 게를 사려고 한 적이 있는데 게는 월요일 아침 일찍 들어와서 몇 분이면 다 팔려버린다.

론다를 돌아본다. 그녀는 미소를 지으며 두 팔을 활짝 벌린다. "냉동이지만 겨울 우울증에는 우리가 구할 수 있는 최고의 치료제야."

바로 그때 론다의 아이팟에서 나오는 노랫소리가 내 귀에 들린다. DJ 재지 제프와 프레시 프린스의 〈Summertime〉. 나는 투 스텝**으로 걸어 론다의 품으로 들어가고 우리는 서로의 몸을

---

* 양념 상표명.
** 댄스 스텝의 한 종류.

회전시키며 부엌을 돌고 또 돈다. 마침내 게가 익고 우리 얼굴은 축축하고 짠 공기로 눅눅해진다.

론다는 게로 알루미늄 팬을 채워 식탁 한가운데 놓는다. 나는 차를 따른다.

"내 허락이 필요하다는 뜻은 아니지만," 론다는 식탁으로 오면서 말한다. "어머니한테 전화하고 싶으면 나는 괜찮아. 그러니까, 나 때문에 네가 전화하지 않는 건 원치 않는다는 뜻. 그리고 어쩌면 어머니를 보러 가고 싶을지도 모르지. 함께 좀 지내다 와. 전화를 하시잖아, 자주는 아니지만. 그건 그분이 자기 인생에 네 자리를 남겨두고 있다는 뜻이야."

그녀의 말 이면에서 체념이나 순교의 흔적을 찾아내려 해보지만 늘 그렇듯이 론다는 자기 진심만 말한다.

"베이브," 내가 말한다. "어머니가 나를 위해 남겨놓은 공간은 둘이 들어갈 만큼 크지 않아."

론다는 고개를 끄덕이고, 우리는 열심히 먹기 시작한다.

바깥에서 눈이 우리 데크를 담요처럼 덮는다. 밤새 내리고, 내일도 내릴 것이고, 우리는 다시 눈이 시키는 대로 할 것이다.

물리학자와
어떻게 사랑을 나누는가

물리학자와 어떻게 사랑을 나누는가? 파이의 날*—파이는 상수이며 동시에 무리수다—에 사랑을 나누지만 기초는 몇 달 전에 미리 닦아놓아야 한다. 우선 STEAM** 대회에서 지나가다 우연히 만나야 한다. 중학교 미술 교사로서 너는 과학, 기술, 공학, 수학의 거인들 사이에서 A(예술)가 사라지지 않고 진정으로 한자리를 차지하게 하기 위해 그곳에 있다. 하지만 흑인 여자로서 너는 모든 대회에서 그러듯 그곳에서도 '니그로 수를 세라' 놀이를 하고 있다. 그는 수백 명이 모인 이 대회에서 12번이다. 대회 첫

---

* 원주율인 3.14를 기념하는 3월 14일.

** 융합인재교육. 뒤에 나오는 Science, Technology, Engineering, Arts, Mathematics의 머리글자.

날 너는 컨벤션 센터에서 에스컬레이터를 타고 올라가다 그가 내려오는 것을 본다. 너는 그가 머리글자 가운데 어떤 자를 대표하는지 추측해보려 한다. 그의 얼굴과 베이비 드레드*를 보니 '시인'과 '고등학교 수학 교사'의 가능성이 반반이다.

대회 둘째 날 너는 워크숍 세션인 '예술 통합과 세계시민'에서 그를 다시 본다. 그는 세션이 시작되기 전 발표자—자매, 13번—와 잡담을 나누고 있다. 귀에 들려오는 말에서 그들이 90년대 초 애틀랜타에서 학부를 다니던 시절부터 아는 사이라는 정보를 얻게 된다. 그들 각각의 모교 출신 가운데 둘이 공통으로 아는 사람들이 많다. 그들은 대회가 끝나기 전 다시 만나 소식을 나누기로 약속한다. 여자는 결혼반지를 끼고 있고 남자는 그렇지 않다는 게 눈에 들어온다.

워크숍 세션을 떠날 때 네가 그를 보고 있는 걸 그가 본다. 그의 미소는 찬란하다. 너도 마주 미소를 짓는다. 그가 걸어와 너와 보조를 맞추며 손을 내밀고 자기소개를 한다. 그는 '에릭 터먼'이라고 하는데 네 귀에는 '에릭 서먼'**으로 들린다. 그래서 너의 눈이 동그레졌다가 다시 좁아진다. 그가 비의적인 괴상한 방

---

* 여러 가닥으로 꼰 머리카락의 일종.
** 미국의 래퍼.

식으로 농담을 하고 있다고 생각하기 때문이다.

"아니요, 에릭 터먼입니다." 그가 다시 말하며 웃음을 터뜨린다. "EPMD*가 아니고요."

"알겠어요." 너는 말한다. "나는 라이라 제임스예요. 릭 제임스**하고 헷갈리지 마시고."

에릭은 낄낄거린다. "하지만 거문고자리Lyra하고는 자주 헷갈리겠네요. 밤하늘에서 가장 밝은 별들이 있는 별자리 말입니다."

그 칭찬에 너는 화들짝 놀란다. 그리고 아마 그걸 더럽게 못 감추고 있을 것이다. "그럼 그쪽은…… 과학 선생님?"

그는 과학 교사도 아니고 시인도 아니다. 그는 물리학자이고 미국 물리학회 교육 프로그램 위원회의 위원장이다.

너는 '예술 통합과 세계시민'에 관해 잡담을 한다. 그는 너에게 어떻게 대회에 왔느냐고 묻고 너는 중학교에서 미술을 가르친다고 말한다—조각, 판화, 회화, 섬유예술, 도예. 그는 점심을 먹으며 더 이야기를 해주겠느냐고 묻는다. 그래서 너는 그렇게 한다. 그리고 대화는 저녁식사까지 이어지고—너는 미국 물리학회 교육 프로그램 위원회가 무엇을 하는지 알게 된다—또 대

* 미국의 힙합 듀오.
** 미국의 대중가수.

회가 열리는 호텔 바에서 술을 마시며 이어진다. 그리고 거기서 로비의 소파까지 이어진다. 각자의 최고 MC* 다섯 명을 공개한다. 최고 자리를 놓고 스카페이스 대 라킴 논쟁을 한다.

그의 숱이 많은 속눈썹, 큰 손, 오른쪽 눈썹 옆의 작은 흉터가 네 눈에 들어온다. 머리를 긁으려고 몇 번 뉴스보이캡을 들어올릴 때 베이비 드레드가 단정하고 습기도 잘 유지되고 있는 걸 본다.

그는 자기 일자리, 청구서를 처리할 돈을 버는 일자리 이야기를 해준다. 천체물리학과 우주론이론을 개발하고 그 이론을 검증하는 연구를 수행한다. "부업으로는 우주인이 되고 싶은 마음이 간절한데 NASA가 형제의 전화에 답을 해주지를 않네요." 그는 어깨를 으쓱한다. "그쪽은 어때요?"

"나요?" 너는 말한다. "오, 나는 일자리가 하나뿐이에요."

"간절히 원하는 건요?"

너는 깊은숨을 쉰 다음 네 꿈을 쏟아놓는다. "르브론 제임스** 가 시작한 그 학교 알아요? 그런 학교를 시작하고 싶어요. 사실 전국에 여러 개를요. 하지만 우선 하나부터 시작해서 가족들 전

---

* Microphone Controller. 마이크를 책임지는 래퍼.
** 미국의 농구선수로 'I Promise'라는 학교를 열었다.

체에 도움을 주어야죠. 사실 그게 핵심이에요, 알죠?"

그는 안다. 그러다 너도 모르는 새에 이미 자정이 지났고 너희 둘 다 여전히 대회 신분증 끈을 목에 걸고 있고, 함께 공교육의 모든 문제를 해결하고 있다. 이제 제도적 인종차별의 종결, 현재의 학교 재정 시스템의 폐지, 그리고 몇십억 달러만 있으면 된다. 에릭은 전화기를 꺼내더니 몇 가지 계산을 하고 네가 추천한 것의 목록을 기록한다―화가, 미술작품, 책, 공립학교 지원 프로그램. 그는 호기심이 많고 귀를 기울일 줄 안다.

2:13 a.m., 그가 말한다. "흠, 덕분에 기운이 나네요." 하지만 너는 전혀 그렇지 않다. 바에서 마신 프렌치 75*로 인해 졸리기 때문이다. 또 시간이 2:13이기 때문이다. 하지만 너는 그가 계속 말해주기를, 계속 들어주기를 바란다. 방으로 올라오라고 초대할까? 아냐, 너무 빨라. 물론 너는 그가 연쇄살인범이라고 생각하지는 않는다. 그런 이야기가 아니다. 그가 너를 그런 종류의 여자라고 생각하기를 바라지 않기 때문이다. 네 어머니가 그렇게 되면 안 된다고 주의를 주었고, 그래서 그렇게 되지 않았던 종류의 여자. 너는 마흔둘이다.

그럼 아침에 만나서 식사를 하자고 할까? 아니, 주제넘은 짓이야.

---

* 칵테일의 한 종류.

속으로 논쟁을 하는 동안 눈이 게슴츠레해졌던 게 분명하다. 그가 이렇게 말하기 때문이다. "좀 쉽게 해드려야겠군요. 이야기 정말 즐거웠습니다."

너희 둘 다 일어서서 기지개를 켠다. 하지만 그러고도 너희는 그냥 거기 서서 서로 마주볼 뿐 얼른 자리를 뜨지 않는다.

"주제넘게 구는 걸지 몰라도," 그가 입을 연다, "아침에 만나서 식사 같이할래요?"

물리학자와 어떻게 사랑을 나누는가? 대회에서 집으로 비행기를 타고 오면서 너는 너희의 공통점을 모두 기록한다.

- 사람들이 왜 아직도 독신이냐고 묻는 게 지겹다.
- 아이를 좋아하지만 자식은 원치 않는다.
- 가장 좋아하는 계절은 가을이다.
- 타일러 페리*의 팬이 아니며 사람들이 그의 팬이 되어야 한다고 우기는 게 지겹다.
- 시력이 아주 나빠 놀림을 받으며 어린 시절을 헤쳐나와야 했다. ("안경이 두꺼워서 미래도 보이겠구나"가 변함없이

---

* 미국의 연예계 인사.

가장 자주 등장하는 놀림이었다.)

- 첫번째 비브 이모*가 제일 좋다.
- 프린스 대 마이클 잭슨일 때 프린스 편이다.

너는 대회 나머지 기간 동안 모든 식사를 그와 함께하고 몇 시간이고 이야기를 나누었지만 아직도 못한 말이 너무 많다. 고등학교 때 애인과 어땠고 대학교 때 애인과 어땠고 대학원 때 애인과 어땠는지 같은 거. 남자들이 어떻게 너를 선택했고, 네가 오랜 세월 그 관계에 어떻게 헌신했는지, 하지만 그들과 함께 있을 때 네가 네 몸안에서 완전히 편한 적이 없었다는 거—상담사 덕분에 정리가 되었던 생각. 너는 그에게 그 남자들이 자기 몸에 더 편하고 스스로에게 더 자신이 있고 더 예쁜 여자를 찾아 너를 떠나기로 할 때까지 너는 그들을 떠나지 않았다는 말을 하지 못했다.

촌스러운 클리셰로 들리기는 하지만, 너는 그에게 너의 예술을 통해 말하는 게 더 익숙하다는 말을 하지 못했다. 네가 액자에 넣어 선물로 준, 또는 액자에 넣어 네 집에 걸어놓은 그림과

---

* 미국 드라마 〈벨에어의 어린 왕자〉의 등장인물. 처음 비브 이모를 연기한 배우가 좋다는 뜻.

스케치들. 하지만 요즘 너는 주로 너 자신을 학생들에게 쏟아붓기만 한다. 그쪽이 더 안전하다.

너는 그에게 몇십 년에 걸쳐 좋은 여자친구들을 모두 결혼과 육아에 하나씩 빼앗겨, 네 우정은 아이들 생일파티나 아주 드문 '여자들끼리의 밤 외출'로 줄어들었다는 말을 하지 못했다.

너는 그에게 가끔 온라인 데이팅을 통한 잠자리, 그리고 어린 시절 친구가 진지하게 데이트를 하는 여자를 바꾸는 과도기에 잠깐 서로 주물러대는 것 외에는 한 번에 몇 달씩 금욕 생활을 한다는 말을 하지 못했다.

나중에 상담사는 왜 방금 만난 남자에게 그런 이야기를 할 필요가 있느냐고 물을 것이다. 너도 그 여자 말이 일리가 있다는 것은 알지만 자신이 먼저 경고와 책임 부인을 해야만 하는 종류의 여자일지도 모른다는 것 외에는 할말이 없다.

만일 입장을 바꿔 에릭이 네가 말하지 않은 것들과 비슷한 것들 가운데 아주 조금이라도 너에게 말하지 않았다면 그건 큰일이 될 것이다. 비행기가 착륙할 때쯤 너는 진짜 그를 절대 알 수 없을 거라고, 또는 그가 신실했는지조차 알 수 없을 거라고 마음을 정했다. 수하물 찾는 곳에 이르면 너는 그게 그저 그 순간의 흥분이었을 뿐이고, 그는 자기 인생으로 돌아가 너를 까맣게 잊을 거라고 결론을 내릴 것이다. 그렇다면 너도 그렇게 되려고 노력해야 한다. 그래서 전화기에서 그의 번호를 지운다.

그날 밤 집에 돌아와 침대에 들어가 수학과와 과학과 동료들에게 새 학기에는 그들과 협력하고 싶다고 이야기하는 길고 자세한 이메일을 보낸다.

물리학자와 어떻게 사랑을 나누는가? 목탄을 꺼내 기억 속 그의 얼굴을 스케치한다. 상담사에게 그에 관해 말한다. 그는 너를 잊지 않았지만 너는 그의 전화를 받지 않았고 그의 문자 메시지를 읽었지만 답은 하지 않았다는 것. 너는 이런 일을 잘하지 못하기 때문에.

"무슨 일이요?" 상담사가 묻는다.

"남자요. 절대 잘 풀리지가 않거든요."

"하지만 그 남자 얼굴을 그렸잖아요. 그리고 나한테 그 남자 이야기도 했고요. 왜죠?"

"우리가 좋은 시간을 보냈으니까요. 하지만 그걸로 끝이에요."

"그런데 왜 그 남자가 여전히 문자를 보내는 거죠?"

"그냥 친절한 마음에."

상담사는 너에게 문제 제기를 하기 직전이면 늘 그러듯이 아이고 이 여자야 하고 말하듯이 머리를 기울인다. 그녀가 묻는다.

"이게 잠재적으로 좋아질 수 있는 것을 스스로 단념하는 또하나의 예인가요?"

물리학자와 어떻게 사랑을 나누는가? 너는 그의 문자 메시지를 계속 읽지만 답은 하지 않는다. 그래도 그는 굴하지 않고 몇 주 동안 문자를 보내고 있다. 어떻게 지내느냐고 묻고 자기가 어떻게 지내고 무슨 일을 하는지 말한다. 그는 이사회에 예술과 과학 여름 캠프와 가족 휴양에 관한 제안서를 제출했다. 그는 영감을 준 너에게 감사한다.

어느 일요일 교회에 다녀온 뒤 어머니와 저녁을 먹고 있는데 그가 짙은 주황색과 빨간색이 섞인 놀을 찍은 사진을 보내며 이제까지 본 최고의 빛 산란이라고 설명을 단다. 어머니가 "왜 웃고 있어?" 하고 묻고 나서야 너는 네가 미소를 짓고 있다는 것을 깨닫는다. 어머니의 목소리는 호기심보다는 의심이 강하다. 너는 네가 미소 짓는 걸 어머니가 마지막으로 본 게 언제인지 궁금하다. 매주 열 명은 먹을 만큼 남은 음식을 굳이 떠안겨 보내면서 언제 살을 빼서 남자 좀 만날 거냐고 묻는 이 여자.

새 학기를 위해 교실을 정리하려고 학교로 돌아가니 네 교사용 우편함에 에릭이 보낸 소포가 있다. 그가 네 주소를 어떻게 알았는지 의아해하다가 너의 대회 신분증에 학교 이름이 적혀 있었다는 사실을 기억해낸다. 그는 너에게『조망 효과: 지구를 바라보는 새로운 관점』을 보냈다. 사람들이 지구를 바꾸어놓은 모습을 보여주는 것을 목표로 입이 떡 벌어지는 고해상도 지구 위성사진 이백 장 이상을 모은 책이다. 이 책은 '조망 효과' 때문에 그런 제목이 붙었는데, 이 효과란 우주인이 지구 전체를 내려다보는 순간 경험한다고 하는 압도감, 경외감, 새로운 전망을 포함하는 느낌을 뜻한다. 플로리다 교외의 계획 주거단지를 공중에서 본 모습은 색색의 모자이크다. 데이비스몬선 공군기지의 항공기 폐차장에 있는 퇴역한 군용, 공용 항공기를 찍은 사진은 아메리카 원주민의 화살촉을 모아놓은 듯하다. 네덜란드의 튤립 들판은 섬유예술 같다.

너는 그 책을 네 교실 책꽂이에 눈에 잘 띄게 전시한다. 그리고 에릭에게 문자를 보낸다. 책 감사합니다. 놀랍네요.

그런 다음 그의 마지막 문자, 그의 이사회가 여름 캠프 제안에 비용을 전액 지원하기로 승인했다는 내용에 답한다. 비용 지원 받은 거 축하해요! 너는 그렇게 쓴다. 그러자 그는 답한다, 별말씀을! 감사합니다.

그날 밤 너는『조망 효과』를 앞에서 뒤까지 다 읽는다. 다음날 밤 다시 그림을 그리기 시작한다. 늦게까지 자지 않고 리듬을 다시 찾는다.

주말이 오고 너는 그에게 전화를 건다. 사실 너는 문자를 별로 좋아하지 않기 때문이고, 어쩌면 이제 때가 되었기 때문이다. 그는 즉시 답한다. 왜 그렇게 오래 걸렸느냐고 묻지 않는다. 네가 연락을 해주어서 행복하다. 너희 둘 다 숨을 헐떡인다.

너희는 말한다. 그의 여름 캠프 제안에 관해서, 너희 각각이 저녁식사로 준비하는 것과 주말 계획에 관해서. 너희는 토니 모리슨의 새 다큐멘터리와 그녀가 너희 각각에게 의미하는 바에 관해 말한다. 너희는 상실에 관해 말한다.

너희는 그때부터 매일 이야기하고, 비디오 통화 덕분에 가상 데이트를 한다. 그리고 그건 네가 그동안 했던 어떤 진짜 데이트보다 좋다. 너희는 함께 텔레비전 드라마를 몰아보고, 함께 요리를 하고, 와인을 마시고, 세탁하는 것을 서로 지켜본다. 너희는 낮이나 밤이나 이야기를 하고, 밤은 아침이 된다.

가끔 너는 새벽 전에 잠을 깨고, 그러면 그가 여전히 거기 있다. 그의 자는 얼굴이 네 전화기 스크린을 채우고 있다. 그러면 너는 다시 편하게 자리를 잡는다. 호흡을 그의 호흡에 맞추고 잠으로 서서히 떠내려간다.

물리학자와 어떻게 사랑을 나누는가? 그에게 하느님을 믿느냐고 물어보라. 과학과 종교를 화해시키는 것이 가능하다고 생각하느냐고 물어보라.

"물리학 원리들은 무에서 유를 창조할 수 없다고 말해주기 때문에 하느님이라는 개념을 뒷받침하죠." 그는 말한다. "뭔가가 이 모든 것을 창조한 게 틀림없어요. 우리가 늘 존재해왔다고, 빅뱅이 없었다고, 우주에 시작점이 없었다고 믿지 않는 한 말입니다. 메커니즘은 모르겠지만 그건 어떤 더 높은 힘이에요. 그 모든 에너지는 어딘가에서 나왔어야만 해요."

"오. 나는 당신이 무신론자라고 생각했어요."

"아인슈타인도 무신론자는 아니었죠." 그가 말한다. "그는 늘 하느님 이야기를 했어요. 그렇다고 인간 행동에 관심이 있는 신을 믿은 건 아니지만요. 그런 신은 교회의 강박이고 교회가 기독교를 강요하기 위해 죄책감과 수치를 이용하는 이유죠."

"우리가 서로를, 또 이 행성을 어떻게 대하는지 하느님이 상관하지 않는다고 생각하는 건가요?"

"그게 가장 중요한 거라고 생각합니다. 하지만 인간은 교회의 영역 밖에서도 그걸 할 수 있어요. 나는 성경을 처음부터 끝까지 공부했어요. 번역과 해석에 아주 많은 게 달려 있죠. 나는 가톨릭 신자로 자랐고, 가톨릭의 모든 의례를 사랑해요. 하지만 인격

적 신에 대한 믿음이 본질은 아니라고 생각하게 됐어요. 적어도 나한테는."

너는 "천국은 어떤데요?" 하고 묻는다. 하지만 네가 정말로 묻고 싶은 건 지옥은 어떤데요다.

"뭐가 어때요?"

천국—거기에 들어가고 반대의 경우를 피하는 것—이 옳게 사는 가장 중요한 이유 아닌가? 네 어머니는 최후 심판의 날과 진주 문* 통과가 허용된 사람들의 최종 결산에 관해 갈망하는 눈빛으로 이야기한다. 하느님의 결산이 자신의 결산과 똑같을 거라고 확신하면서. "그런 사람들은 아주 적을 거야." 어머니는 그렇게 말하기를 좋아한다. "오직 곧고 좁은 길을 걸은 자들만이 하느님의 얼굴을 볼 것이라."

그 순간 너는 만일 하느님이 모든 사람을 천국으로 맞아들이면 네 어머니는 즉시 기독교를 버릴 것임을 깨닫는다.

너는 선과 악, 상과 벌에 관한 동화를 인용하는 것처럼 말하지 않으면서 천국에 관한 에릭의 질문에 답할 방법을 알지 못한다.

너는 그 모든 것을 흡수해들이느라 잠시 기다린다. 너는 어머니와 어머니가 매달리는 작은 버전의 하느님을, 네가 알아왔고

* 성경 「요한계시록」에 나오는 천국의 열두 개의 문.

놓기 두려워하는 유일한 버전의 하느님을 생각한다. 이윽고 너와 에릭이 매일 통화하는 것이 일종의 의례라는 것, 마침내 다시 만날 때 그것이 일종의 축성이 될 수 있다는 것을 생각한다. 너는 그 전망에 전율과 두려움을 동시에 느낀다. 겁이 나는 것은, 그간 네가 알았던 종교는 네가 줄 수 있는 것 이상을 요구하기 때문이다.

"내 생각에 사람은 바로 여기 지상에서 천국을 가질 수 있을 것 같아요." 너는 말한다.

"나도 그래요." 에릭이 말한다. "라이라가 미소를 짓는 것을 볼 때마다, 또는 라이라가 학생 이야기를 하는 것을 들을 때마다 그런 생각을 해요. 심지어 라이라가 아무 말 없이 그림을 그리거나 그냥…… 수건을 갤 때도."

"내가 수건 개는 게 천국이라고요?"

"그건 좀 그런가요…… 그럼 라이라가 고무줄이 들어간 침대 시트를 접는 게 천국이라고 하죠. 기적은 무궁무진하니까요."

물리학자와 어떻게 사랑을 나누는가? 너는 봄에 지역 갤러리에서 열리는 네 첫 단독 전시회에 그를 초대한다. 전시회에서는 네가 『조망 효과』, 루미*, 쿠란을 읽으면서, 그리고 모리슨의 『솔로

몬의 노래』**를 다시 읽으면서 영감을 얻어 그린 다채로운 추상
화를 모아 내놓을 것이다. 너는 전시회 제목을 '사랑에 관해 내
가 무슨 말을 하든'이라고 정하는데, 이건 루미의 「마스나비」의
한 행이다. 너는 지금 그동안 그려왔던 것보다 더 많이 그리고
있다.

　전시회는 아직 석 달 뒤지만 너는 이미 어머니가 갤러리를 돌
아다니며 나지막이 "도대체 이게 뭐래?" 하고 중얼거리는 모습
을 상상하고 있다. 그것은 네가 집에 살 때 어머니가 예고도 없
이 네 침실/작업실에 밀고 들어와 하던 행동이다. 너는 어머니
에게 네 작품을 액자에 넣어 선물한 적이 한 번도 없다. 늘 향수
와 장신구에 머물고 있다.

　너는 상담사에게 어머니를 전시회에 초대하지 않으면 잘못된
거냐고 묻는다. 그녀는 질문에 질문으로 답한다. "어머니가 거기
오기를 바라요?"

　"솔직히 말하면 그 대답은 아니요예요."

　"그럼 초대하지 마세요."

　너는 입을 다물고, 잠시 후 그녀가 묻는다. "내가 그렇게 말하

---

　* 13세기에 활동한 페르시아의 신비주의 시인.
　** '솔로몬의 노래'는 구약성경의 「아가」를 가리키는 말이기도 한다.

는 걸 들으니 기분이 어때요?"

"무서워요."

"뭐가 무서워요?"

"전부 다요."

물리학자와 어떻게 사랑을 나누는가? 너는 그와 섹스하는 꿈을 꾼다. 아주, 아주 자세한 섹스 꿈이다. 너는 평생 처음으로 섹스를 갈망한다. 처음으로 남자의 몸에, 그의 위와 밑에 있을 때의 느낌에 호기심을 느낀다.

하지만 그러다가 네가 했던 섹스를, 그것을 견디기 위해 너 자신 속으로 사라져야 했던 것을 기억한다. 내내 네 배와 허벅지를 생각하면서, 네가 다른 사람이기를 바라고, 그도 똑같은 걸 바랄 거라고 상상했던 것. 너에게 섹스란 그저 누군가 널 만져주게 하는 방법, 그 목적을 위한 수단에 불과했던 것. 네가 정말로 원했던 것은 누군가 널 만져주는 거였단 것. 하지만 남자들은 늘 더 원한다는 것.

에릭은 여느 남자와 마찬가지로 결국은 더, 네가 줄 수 있는 것보다 더 원할 것이다. 그리고 네가 애초에 그를 그쪽으로 이끈 것에 실망하고, 아마 혐오감도 느낄 것이다.

그래서 너는 네가 해야만 했던 일 가운데 가장 어려운 일이라 할 만한 것을 한다. 다시 네 전화기에서 그의 번호를 지우는 것. 하지만 이번에는 차단도 해버리는 것.

물리학자와 어떻게 사랑을 나누는가? 가정교육은 잊어라. 네 어머니가 네 배, 네 엉덩이, 네 허벅지, 네 자유를 묶기 위해 입으라고 가르친 거들은 버려라. 출렁거리면 큰일난다. 조여지지 않아 물컹물컹하면 큰일난다.

벌거벗고 자라.

이것은 전적으로 네 상담사의 생각이다. 처음에 너는 회의적이고 저항한다. 하지만 상담사가 그냥 자기 비위를 맞춰주는 셈 쳐달라고 하면서 그래서 나쁠 게 뭐냐고 묻자 너는 나쁜 점을 하나도 생각할 수가 없다.

너는 오래 뜨겁게 비누칠을 해가며 샤워를 하고 물이 입 양쪽 끝으로 흘러넘칠 때까지 물을 머금는다. 비누를 씻어내고 밖으로 나와 두피에서 발바닥까지 아직 축축한 피부에 라벤더 오일을 바른다. 겨울이라 담요 몇 겹으로 몸을 싸고 탐험한다. 두 손으로 네 몸의 윤곽과 굴곡을, 네 지형을 살핀다. 판단하지 않고 사실로서 살핀다. 너 자신을 즐겁게 해준다. 그러나 천천히, 음미하고 발견하면서. 매일 아침과 매일 밤.

주말이면 늦잠을 자고 일어나 재료부터 시작해서—상자 없이, 캔 없이, 패스트푸드 없이—따뜻하고 위안이 되는 음식을 만든다. 게와 케일 오믈렛, 구운 빨간 토마토, 해물 링귀니, 생강 강황 버터너트 스쿼시 수프, 캐러멜을 넣은 작은 양배추, 염소 치즈를 넣은 구운 비트 샐러드, 코코넛 커리, 쇠고기 웰링턴.

너는 음식을 만들고 그림을 그리고 낮잠을 자고 밤이면 몸을 쓰다듬다 잠이 든다.

그렇게 네 몸이 집처럼 느껴지기 시작하자 용기도 자란다. 몸이 묶이지 않은 채 처음 교회에 갔을 때, 예배 후 주차장에서 네 어머니에게 들은 책망보다 크게 자란다. 어머니는 왜 거들을 입지 않았느냐고, 왜 삼십 년 전에 가르쳐준 대로 조이지 않았느냐고, 어떻게 감히 그런 식으로 주님의 집에 들어오느냐고 묻는다. 요즘 교회에서 팬티 라인이 보이게 옷을 입는 죄를 저지르는 여자들이 있다고 불평하는 사람인 너의 어머니는 너를 이보다는 낫게 길렀다고 야단친다.

너는 말한다. "숨을 참고 있는 게 지겨워요." 그러고 나서 다시는 그런 식으로 교회에 오지 않겠다고 약속한다. 그리고 그 약속을 지킨다. 다시는 교회에 가지 않기 때문이다.

물리학자와 어떻게 사랑을 나누는가? 너는 네가 그린 수많은 그의 스케치 가운데 하나를 은빛 액자에 넣어 보내는 방식으로 그에게 사과한다. 그는 바로 답하지 않는다. 너는 괜찮다. 그런 식으로 사라질 때 네가 어떤 위험을 무릅쓰는지 알고 있었기 때문이다. 하지만 마침내 그가 연락했을 때 너희는 둘 다 전화기를 들고도 오랫동안 말이 없다. 이윽고 네가 말한다. "그냥 그렇게 해야만 했어요. 나로서는. 그때는 그걸 어떤 말로 표현해야 할지 몰랐고 지금도 자신이 있는 건 아니에요."

"말을 사용해줘요, 그래도." 그가 말한다. "우리가 계속할 생각이라면 라이라는 그렇게 하려고 노력해야 해요. 그런 노력을 후회할 어떤 일도 하지 않겠다고 약속할게요."

너는 남자가 너에게 마지막으로 약속을 했던 때를 기억해보려 한다. 결국 그런 건 전혀 중요하지 않다고 판단한다. 지금 이 남자는 약속을 하고 있다. 그게 중요한 거다.

물리학자와 어떻게 사랑을 나누는가? 3월 13일, 그가 오기 전날 밤, 너희는 늦게까지 잠을 자지 않고 옛날 힙합과 R&B 뮤직비디오를 번갈아 틀면서 너희가 벌일 댄스 시합에서 서로를 발라버

리겠다느니 호전적으로 으쓱거리며 이야기하고, 너희의 점성술 궁합―너는 처녀자리고 그는 물병자리다―을 구글에서 찾아보며 들떠서 웃음을 터뜨린다.

그러다 파이의 날이 오고 너는 그가 공항으로 가는 동안 샤워를 한다. 그가 비행기를 타자 그의 여섯 시간 비행(중간 기착 포함하여)이 영원처럼 느껴진다. 그가 비행기에서 갓길의 네 차까지 걸어오는 데는 순례만큼 긴 시간이 걸린다. 너는 그가 스바로 피자의 통곡의 벽과 입을 맞추고 시나본 빵집에서 통곡하고 앤티앤스 프레젤의 발치에 제물을 둔다고 상상한다.

그는 짐을 네 차 트렁크에 싣고 트렁크를 닫은 뒤 너를 돌아보며 말한다. "마침내." 너도 말한다. "마침내." 그러자 그는 너를 품에 끌어당겨 키스한다. 그의 입술은 네가 그럴 거라고 상상한 것처럼 부드럽다.

네 집에 도착하여 너는 오믈렛과 홈 프라이를 만들고 그는 그걸 게걸스럽게 삼킨다. 식욕이 엄청나다. 그런 다음 너희 둘 다 피곤하고 잠을 많이 못 잤음에도 아드레날린이 솟구치고 네가 댄스 시합에서 크게 이긴다. 이 남자는 말로는 한참 되지도 않는 소리를 해댔지만 댄스에는 영 젬병이다.

"내가 받을 상이 뭐죠?" 네가 묻는다.

에릭은 너를 소파에 끌어당겨 앉히고 다시 키스한다. "오, 그러니까 우리 둘 다 이긴 거네요." 네가 말한다. "여기 참가상 트로피요." 너는 키스를 더 하려고 달려들며 생각한다. 하느님, 이 사람이 영원히 있게 해주세요.

너희 둘 다 졸기 시작한다. 그러다 네가 깨어나는데 네 머리는 그의 허벅지에 있고 네 마음은 증속 구동* 모드에 들어가 있다. 너는 내일 열리는 네 전시회를 생각한다. 그가 네 그림을 보는 동안 전시실 건너편에서 그를 보는 상상을 한다. 그를 네 여자 친구들, 동료들, 학생들에게 소개하는 상상을 한다. 그리고 어머니에게. 오늘과 내일이 너희가 가진 전부라 해도 그거면 됐다고 생각한다. 하지만 그 순간, 지금 뭘 생각하느냐, 가 아니라 뭘 느끼느냐, 하고 묻는 상담사의 목소리가 들린다. 너는 처음에는 적당한 말을 찾지 못하다가 따뜻하다, 희망적이다, 기쁘다, 그득하다로 만족한다.

에릭은 네 얼굴에서 긴장이 풀릴 때까지 골이 파인 네 이마를 쓰다듬는다. 너는 말한다. "루미가 말했어요. '연인들은 마침내 어딘가에서 만나는 게 아니다. 그들은 내내 서로의 안에 있었다.' 그 말이 믿어져요?"

"모르겠는데요." 그가 말하며 하품을 한다. "신비주의자가

---

* 속도를 내기 위해 가장 높은 기어를 사용하는 것.

운명적 사랑을 두고 한 말처럼 들리는데 나는 운명을 믿지 않거든요."

너는 약간 맥이 빠진다. 너는 그가 네가 기다리던 그 사람이기를 바라고, 그도 너의 불가피성을 느끼기를 바란다. 너는 그의 선택이 아니라 그의 기정값이기를 바란다. 너는 새로운 종교의 약속을 바란다.

너는 너무 앞서나갔다고 자신을 책망한다―너무 빨리 80년대 노래 가사의 영역으로 퇴행했다고.

하지만 그가 말한다. "은하수 중심에 있는 그 초질량 블랙홀이 최근에 두 시간에 걸쳐 평소보다 일흔다섯 배 밝게 반짝였는데, 이십 년 동안 지켜보던 천문학자들 말로는 이게 전에 가장 밝게 빛났을 때보다 두 배 더 밝은 거랍니다."

이제 너는 그가 과학 이야기를 하는 데 익숙하지만 그의 이야기가 어디로 향할지는 잘 알 수가 없다.

"하나의 이론은," 그가 말을 이어나간다, "태양보다 약 열다섯 배 큰 별이 블랙홀 가장자리에 다가가 기체들 일부를 흔들고 가열하고 가장자리에서 나오는 적외선을 증가시켜서 그런 일이 벌어졌다는 거예요. 하지만 이걸 알아야 해요. 우리는 그 별이 블랙홀에 다가가는 것을 관찰하고 나서 약 일 년이 지난 뒤에야 그것이 블랙홀에 미치는 영향을 관찰했어요."

"그러니까 우주가 얼마나 큰지, 거리가 얼마나 엄청난지 보여주는 거로군요." 네가 말한다.

"바로 그거예요. 거리들, 복수죠. 별과 블랙홀 가장자리 사이의 거리, 또 블랙홀과 지구 사이의 거리. 그래서…… 내가 이런 말을 하는 건 가끔은 바퀴들이 굴러가기 시작하고 나서 오랜 시간이 지난 뒤에야 불꽃이 보인다는 거예요. 그게 운명과 같은 건가요? 모르겠어요. 하지만 진귀하고 찬란한 사건이 일어나기까지 시간이 걸린다는 건 알아요."

그는 한숨을 쉰다. "그래서 라이라가 처음에 내 메시지에 답을 하지 않았을 때 내가 거기 걸려 넘어지지 않은 거예요. 내가 라이라를 가만 놔두기를 바랐다면 그렇게 말했을 거라고 판단했거든요. 하지만 라이라는 그런 말을 하지 않았고요. 그러다 잠수를 탔을 때는 넘어질 뻔했지만"—그는 어깨를 으쓱하고 너를 더 가까이 끌어당긴다—"그때도 그럴 만한 이유가 있다고 판단했어요."

물리학자와 어떻게 사랑을 나누는가? 그는 네 블라우스 단추를 풀며 묻는다. "둘러앉아 루미와 블랙홀 이야기를 하는 그런 사람들이 될 건가요, 아니면 벗을 건가요?" 네가 대답한다. "둘 다요."

너는 일어서서 스커트와 팬티를 아래로 내린다. "루미는 하느님의 직관적 사랑에 관해 썼는데 그는 이슬람교도였어요." 네가 말한다. "하지만 사람들은 그의 작품에서 이슬람교를 벗겨내는 것을 좋아하죠."

그는 두 손으로 네 허벅지, 네 가슴, 네 거들 없는 배를 쓰다듬는다.

물리학자와 어떻게 사랑을 나누는가? 네 온몸으로, 떨면서, 넘쳐나게, 두려움 없이.

자 엘

내 생각에 목사 사모는 교회에 오기 전부터 별종이었다. 사모는 진짜 진한 피부에 숱이 많은 긴 머리를 동그랗게 모아 묶고 그 위에 깃털을 여러 개 꽂은 널찍하고 검은 교회 모자를 쓰고 다닌다. 모자는 가끔 짙푸른 색으로, 또는 부활절이면 흰색으로 바뀐다. 하지만 장담하는데 나처럼 14였을 때는 커다란 아프로 머리에 꼭 끼는 나팔바지를 입고 다녔을 거다. 〈좋은 시절〉의 셀마처럼. 사모의 눈은 완전히 거룩해 보이려고 애쓰는 대신 반짝이며 춤을 추는데, 거기 뭔가가 있다. 마치 오래전의 재미있는 일을 기억하는 듯하다. 또 그 입가에 반쯤 걸린 미소. 마치 비밀 속에 또 비밀이 있는 것처럼. 그리고 자지를 빠는 커다란 입술이 있다. 트완은 나도 그런 입술이라고 했다. 하지만 좆 까라지. 어쨌든. 모두 목사 사모를 '세이디 자매'라고 부른다. 나는 머릿속에서 '스위트 세이디'라고 부른다. 우리가 어렸을 때 카셀의 엄마가 늘 부르던 그 노래처럼. 하지만 그 사모에게는 달콤한 구석이 없다. 그 땅처럼 늙은 목사와 사랑의 제물을 거두며 거기 서있을 때 사모는 아주 예의바르게 단추를 꽉 채운 정장 차림이다. 스위트 세이디는 목사처럼 그렇게 팍삭 늙지 않았다. 남편은 아마 105일 거다. 사모는 아마 40일 거다. 사모의 몸을 보면 카셀의 삼촌 방에 있는 앨범 커버들이 생각난다. 오하이오 플레이어스, 레이크사이드, 갭 밴드, 팔리어먼트-펑카델릭. 다 여자들이 들어 있는데 어떤 건 진짜고 어떤 건 만화지만 큰 젖통, 큰 방둥이, 자지 빠는 입술은 모두 공통이다. 스위트 세이디는 그 모든 걸 교회 정장 밑에 감추고 있다. 하지만 장담하는데 목사 영감을 만나기 전에는 뽁이 둘로 갈라지는 반바지를 입고 다녔을 거다. 교회 사람들은 속일 수 있을지 몰라도 나는 못 속인다. 나는 그 정장 밑의 몸이 아름답다는 걸 알고 있다. 그걸 볼 수 있으면 좋으련만.

—

우리 엄마는 말하곤 했지. "뭔가를 찾으러 갈 때는 조심해. 진짜로 어떤 걸 찾게 될지도 모르니까." 하지만 얼마 전 내 증손주 아기의 방에 시트를 갈고 매트리스를 뒤집어주러 들어갔을 때는 뭘 찾으려는 게 아니었어. 정말로 아니었어. 그냥 환기를 하려던 것뿐이야. 그리고 난 매트리스는 일 년에 두 번 뒤집어. 시계를 앞 또는 뒤로 돌려주고* 시키는 대로 화재 탐지기 배터리를 갈아주는 것과 같은 때에. 그래서 매트리스를 뒤집다 그애 일기를 발견했어. 처음에는 별 게 아니었지. 그냥 학교에서 누구를 좋아하지 않고 누가 자기를 좋아하지 않는지. 어느 선생이 못됐고 어느 선생 마음을 사로잡을 수 있는지. 그애가 쓰는 말 몇 가지는 못마땅했어. 하지만 그건 내가 중간쯤에서 보게 된 것에 댈 게 아니었어. 부자연스러운 것들. 그냥 내 심장을 부수어버리는 것들. 이 아이에게는 하느님이 안 계셔. 아이가 가야 할 길을 가도록 가르쳐서 나이가 들어서도 그 길을 떠나지 않기를 바랐건만. 하지만 그 일기장에 적힌 걸 보아하니 아이는 이미 오래전에 떠났어.

—

카셸은 그 남자에게 우리가 16이라고 말했다. 그건 그애보다

---

* 서머타임 시작과 끝에 하는 일.

나한테 더 큰 거짓말이다. 그애는 지난주에 딱 15가 되었기 때문이다. 나는 아직도 여섯 달을 더 기다려야 하고. 하지만 그 남자는 아마 우리가 진짜로 몇 살인지는 관심 없을 거다. 자기 집 뒷마당에서 크랩 보일*을 하니 집으로 오라고 한다. 우리 셋만. 카셸은 좀 무섭다고 했다. 그 남자가 35이기 때문이다. 하지만 남자가 귀여우니 갈 거다. 카셸은 그 남자가 자기가 〈퍼플 레인〉**이후 사랑했던 '더 타임'***의 모리스 데이처럼 생겼다고 한다. 그애는 그 영화가 나온 뒤 나를 네 번이나 끌고 보러 갔다. 나도 프린스를 좋아하지만 카셸은 프린스를 사랑하고 모리스 데이도 마찬가지다. 그애는 연한 피부 깜둥이를 보면 달아오른다고 한다. 나는 어느 쪽이든 상관없다. 깜둥이는 깜둥이다. 연한 피부든 진한 피부든. 열다섯, 스물다섯, 서른다섯. 다 똑같고 어느 하나 한 푼의 값어치도 없다. 하지만 카셸은 고생을 해봐야 배우는 인간이다. 이 깜둥이와 크랩 보일에 완전 흥분하고 있다. 그 남자는 또 우리를 해변에 데려간다는데 그애는 그거에도 완전 흥분하고 있다, 내가 해변을 좋아하지 않는다는 걸 너무나 잘 알면서. 나는 그저 그 남자의 그 큰 집 내부가 보고 싶을 뿐이다. 그

---

* crab boil. 삶은 게를 먹으며 만나는 사교 모임.
** 가수 프린스가 나오는 영화.
*** 미국의 밴드 이름.

안에 뭐가 있는지.

스위트 세이디의 집에 갈 수 있으면 좋으련만…… 물론 목사 영감이 거기 없을 때.

—

이걸 아이한테 어떻게 말해야 할지 모르겠네. 요즘 애들…… 애들은 우리하고, 우리 자랄 때하고 달라. 아이가 흉하게 얼굴을 잔뜩 찌푸리게 하지 않으려면 무슨 이야기를 해야 하나? 아주 작은 이야기만 해도 터져버리니. 나는 아이한테 어지른 건 치우라고, 그릇은 적어도 싱크대에 갖다놓기라도 하라고, 이부자리를 정돈하라고, 빨아야 하는 옷은 빨래 바구니에 넣으라고 해. 그럼 성질을 내. 무슨 말을 하기만 하면 흉하게 얼굴을 잔뜩 찌푸려. 이를 빨아대고, 아니면 절반은 내 말을 듣지도 못한 것처럼 굴어.

이 아이의 구원을 위한 싸움을 하는, 내가 아는 유일한 방법은 주님께 맡기는 거야. 나는 아이를 위해 기도해. 진심으로 기도해.

아이가 그 일기장에 뭘 쓸 때마다 점점 더 나빠져. 뭐라 표현할 적당한 말이 있으면 좋겠네. 하느님이 내 입에 손을 대 내가 말할 수 있게 하고, 아이의 귀와 심장과 마음에 손을 대 아이가 들을 수 있게 해주기를 기도해.

하느님은 내가 내 지붕 아래에 어떤 가증스러운 것도 원치 않는다는 걸 아시니까.

그래, 요즘 이 애들은 우리하고는 달라. 우리는 나이든 사람을 존중했어. 건방지게 말대꾸하지 않았어. 시키는 대로 했고, 딱 한 번 말하면 알아들었다고. "잠깐만요……" 이런 건 없었지. 두 번 말할 필요가 없었어. 두 번 말하게 했다간 귀찮게 한다고 엄마한테 손등으로 얻어맞았어.

하지만 나는 이제 이 아이를 때리지 않아. 애가 이 땅에 그리고 내 집에 산 십사 년 동안 때린 건 한 손으로 다 꼽을 수 있고, 다른 누구도 애를 때리지 못하게 했어. 애가 아주 조그만 아기였을 때 애 엄마하고 그 보잘것없는 아빠가 치고받을 만큼 치고받았고 그게 이 아이가 나하고 살게 된 이유이기도 해. 그래서 나는 꼭 필요한 경우가 아니면 그러고 싶지 않았는데 그러다보니 애한테 이런 버릇이 생겨버렸어…… 자기 마음에 들지 않는 말에는 대꾸도 하지 않는다든가. 하긴 어렸을 때 회초리를 엮어서 그 앙상하고 누런 다리를 때렸을 때도 애는 내가 원하는 대로 대답하는 법이 없었지. 아픈 걸 느끼지도 못하는 것 같았어. 눈물 한 방울 흘리지 않았어. 한번은 애가 여섯 살 때 회초리로 종아리를 때렸는데 그냥 나를 바라보기만 하더라고…… 나를 보는 그 표정 때문에 피가 얼어붙어서 곧장 성경으로 가야 했지. "내가 너희에게

172

뱀과 전갈을 밟으며 원수의 모든 능력을 제어할 권능을 주었으
니 너희를 해칠 자가 결코 없으리라."「누가복음」10장 19절.

그래서 나는 성경대로 살아. 계속 무릎을 꿇은 채 이 아이를
두고 하늘에 기도해. 아이의 친구, 남자 어른을 쫓아다니는 친구
와 달리 방둥이를 흔들고 다니지 않는 걸 주께 감사해. 하지만
아직도 올바르지 않아. 일요일마다 주일학교 후 예배와 수요일
밤 성경 공부에 나와 함께 앉아 있는데도. 매주 빼놓지 않고. 하
지만 거기 앉아 한마디도 하지 않아. 애를 봐서는 모를 거야. 얼
굴은 다정해 보이거든. 사람들은 아이가 그냥 조용하다고 생각
해. 하지만 심장에, 영혼에, 마음에…… 거기에는 하느님이 없
어. 전투가 벌어지고 있어, 성자들이여. 나는 성경대로 살고 이
아이의 영혼을 위해 기도 전사로서 무릎을 꿇고 있어. "우리의
씨름은 혈과 육을 상대하는 것이 아니요 통치자들과 권세들과
이 어둠의 세상 주관자들과 하늘에 있는 악의 영들을 상대함이
라."「에베소서」6장 12절.

—

스위트 세이디가 오늘 교회에서 나에게 말을 걸었다! 내가 어
떻게 지내는지 또 할머니가 어떻게 지내는지 물었다. 우리는 잘

지낸다고 대답했고 심지어 사모가 그 표정을 좀 짓고 있는 것도 상관없었다. '부모가 죽은 여자애'와 이야기할 때 사람들이 짓는 표정. 연민. 나는 그 쓰레기가 싫다. 하지만 스위트 세이디가 그러는 건 그렇게 나쁘지 않았다. 정말로 관심을 가져주는 느낌이다.

—

이 아이에 관해 말할 수 있는 좋은 점 한 가지. 이 아이는 남자애들이 자기를 함부로 하는 걸 허락하지 않아, 내가 아는 한은. 남자애들은 애 엄마와 애 엄마의 엄마, 그러니까 내 딸, 하느님 그들의 영혼에 안식을 주소서, 그 둘에게 그랬던 것과는 달리 이 근처에 와서 코를 킁킁대지 않아. 며칠 전에는 구디 진통제를 좀 사러 모퉁이 가게에 갔는데 계산대 줄에서 두 남자애가 아이에 관해 말하는 소리가 들렸어. 그 녀석들은 나를 보지 못했거나 내가 애 할머니인 줄 몰랐던 것 같아. 한 녀석이 다른 녀석에게 이러더라고. "내 친구 말이 어떤 여자애가 그 깜둥이 제이의 엉덩이를 걷어찼다는데."

그러니까 다른 녀석이 이러더라고. "아냐, 야. 제이가 아니고 걔 남동생 트완이야. 그리고 그냥 그렇게 된 게 아냐. 진짜 제정신이 아니었다고. 그 자엘 말이야. 야. 저기 퍼킨스에 사는 그 조 그만 레드본*. 그년은 미쳤어. 트완 말이 둘이 같이 초등학교를 다녔는데 그때부터 그년은 남자애들이 엉덩이를 쥐려고 하면 싸웠대. 몇 년 동안이나 이 동네에서 남자애들하고 정면으로 붙었다던데. 그래서 트완 생각이, 그년은 여자를 좋아하는 게 틀림없다는 거야, 응?"

"그러니까 뭐야? 불대거**라는 거야?"

"그렇다니까, 야!" 그러더니 녀석은 목소리를 낮추었는데 그래도 내 귀에는 다 들렸어. "있잖아 내가 이 근처에서 두어 번 그년한테 소리를 질렀거든. 애가 멋있어서."

그런데 이 녀석들은 분명 서른, 서른다섯은 먹은 듯 보였어. 추잡한 놈들.

"그러니까 나하고 제이하고 트완이 그날 가게 밖에 서 있었어." 그 녀석이 말했어. "그런데 그년이 친구하고 보도를 따라 내려오더라고. 트완은 우리가 거기 함께 서 있는데 설마 그년이 자기 엉덩이를 차려고 할 거란 생각은 안 했겠지, 그치?"

"그치, 그치……"

---

* redbone. 붉그스름한 갈색 피부를 가진 흑인.
** bulldagger. 남성 역의 여성 동성애자를 비하하는 표현.

"트완이 그년 이름을 불렀는데 무시하더라고. 그냥 지나쳐 가는 거야. 그러니까 트완이 그년을 불대거라고 부르면서 쫓아가 엉덩이를 잡았어. 이야아아, 그년이 병을 들고 빙그르 돌더니 병을 벽에 깨서 그 깜둥이 목에 들이대더라고!"

"원래 레드본들은 미쳤어, 야." 그게 다른 녀석이 한 말이었어.

그러자 첫번째 녀석이 이랬어. "나는 그 병은 보지도 못했어! 그냥 어디서 튀어나왔다니까! 찌르지는 않았지만 그건 단지 그년 친구 때문이었어. 젖통이 큰 년. 라셀인가? 카셀! 그년이 마구 소리를 질러대기 시작했거든. '저 인간은 그럴 가치가 없어! 저 인간은 그럴 가치가 없어!' 하지만 야, 진짜 찌르려고 했다니까. 자엘은 미쳤어."

잘한 거야, 베이비. 녀석들이 네가 미쳤다고 생각하게 놔둬. 네가 남자를 좋아하지 않는다고 생각하게 놔둬, 그게 하느님 보시기에는 부자연스럽다 해도. 어쨌든 녀석들은 너를 그쪽으로는 그냥 내버려둘 거 아니냐.

하지만 얘가 정말로 미친 건지도 몰라.

흔히 나쁜 씨는 한 세대를 건너뛴다고 해. 내 딸 팀나가 딱 자엘 같았지. 그냥 상대를 똑바로 뚫어져라 노려봤어. 가장 친한 친구, 글로리아 메이라는 착하고 예쁜 아이가 기차에 치여 죽었는데 팀나는 눈물을 전혀 흘리지 않았어. 단 한 방울도. 두 아이는 철로에서 놀고 있었고―철로에는 가까이 가지 말라고 골백 번은 이야기했는데도―가엾은 글로리아 메이는 제때 피하지를 못했어. 열여섯 살…… 주여, 그 아이 영혼에 안식을. 사람이 친구를 잃어버리면, 그런 식으로 죽는 걸 보면 당연히 슬플 거 아냐. 하지만 팀나는 아니었어. 전혀 당황하지 않더라고. 그냥 자기 속에 꽉 갇힌 채로 오랫동안 둥둥 떠다니듯 살았고 어느 날 주께서 그냥 데려가셨어. 저 아래 울워스에서 일하고 퇴근해서 비를 맞으며 걸어오다가 번개에 맞았어, 스물네 살에. 천둥 번개가 칠 때는 밖에 걸어다니지 말라고, 택시비를 줄 테니 집시 택시*를 타라고 골백번은 말했는데 고집이 어지간해야지. 그렇게 죽고 나서 십 년 뒤에 자엘이 나왔어, 그애와 꼭 닮은 것이.

그리고 자엘의 어머니 케투라, 그 아이는 이 세상에 맞게 생겨먹지를 않았어. 팀나가 죽고 나는 그애를 여섯 살 때부터 키웠어. 할 수 있는 최선을 다했지. 하지만 결국 그 깜둥이, 자엘의 아빠가 자기를 죽일 때까지 때리도록 가만히 내버려뒀어. 심지어 남편도 아니었는데, 그냥 어떤 쓸모없는 니그로였는데.

그런데 이 통통하고 노란 아기, 머리에 곱슬곱슬한 예쁜 머리카락이 한가득인 아이가 나타난 거지. 눈은 단추처럼 반짝거리고. 하지만 꼭 우리 팀나처럼 사람을 뚫어져라 노려보는 거야. 또 꼭 우리 팀나한테 했던 것처럼 나는 애한테 가진 걸 죄다 줬어. 아빠의 추한 짓이나 엄마한테 일어난 그런 일은 얘기해주지도 않았고. 내가 아이가 알고 있는 유일한 어머니야. 그리고 이 아이는 아무 부족할 게 없었어.

나는 케투라와 자엘한테 우리 어머니가 우리한테 해준 걸 해주려고 했어. 애들을 가르치려고 했지. 밥을 제대로 짓는 법이라든가, 케이크가 쪼개지지 않게 당의를 입히는 법이라든가, 빨래를 하고 개는 법이라든가, 침대를 정리하는 법이라든가, 자기 몸을 깨끗이 유지하는 법이라든. 케투라는 그 모든 게 몸에 배서 빵을 굽고 닭을 튀기고 부엌에서 나를 돕는 걸 아주 좋아했어. 선선히 웃음을 터뜨리고 절대 말대꾸를 하지 않았지. 착한 애였어. 그런데 그 깜둥이가 나타나 애를 여기서 채간 거야.

자엘은 달라. 음식도 하고 청소도 하고 내가 해달라는 걸 다 하긴 하지, 대부분은. 하지만 그 반짝이는 눈에는 기쁨이 전혀 없어, 심지어 어렸을 때도. 꼭 몸은 여기 있지만 정신은 완전히 다른 데 가 있는 것 같아. 늘 그런 식이었어. 지금은 가끔 내 방에 들어와 나하고 함께 내가 보는 드라마를 보곤 해. 그앤 〈젊은 사람들과 불안한 사람들〉을 좋아하지. 금요일 밤이면 나하고 내 텔레비전 프로그램을 함께 보기도 해. 〈댈러스〉와 〈팰컨 크레스트〉. 하지만 대부분의 밤은? 내가 앉아서 나하고 저녁을 먹자고 해야만 해. 그애는 자기 세계에 살면서 내가 안으로 들어가지 못하게 해.

그래, 적어도 얘는 그 남자애들한테 관심을 보이지는 않지. 꼬리를 치고 다니는 그 작은 친구 카셸하곤 달라. '모리스 데이'라고 불리는 그 황갈색 깜둥이, 어린 여자애들 주위에서 코를 킁킁거리고 다니는 깜둥이한테 자엘은 아무런 느낌이 없어. 나는 그런 인간을 알지. 주 예수여, 나는 그런 인간을 너무 잘 알아. 그런 인간하고는 늘 어어 하다보면 다 끝나버리고 말지. 꼭 내가 시바의 여왕인 것처럼, 세상에 하나뿐인 것처럼 느끼게 해주거든. 그만, 하고 말해도 계속해, 하고 말한 것처럼 행동하지.

옛날에 내 이웃이던 미스 메이벨은 앞쪽 포치에서 우리들한테 소리치곤 했어. "남자애들한테 속지 마." 우린 그냥 미친 늙은 여자가 우리가 재미를 보지 못하게 하려는 거라고 생각했지, 알잖아. 하지만 미스 메이벨은 알았어. 그 노인네는 알았던 거야. 하지만 우리는 귀를 기울이지 않았지. 가끔 그때 귀를 기울였다면 어떻게 되었을까 생각하곤 해. 아마 팀나도 없고, 케투라도 없고, 자엘도 없었겠지. 세상에 그냥 나만. 뭘 하면서? 모르겠어. 뭔가 하겠지.

어쨌든. 자엘은 트완이나 이 '모리스 데이'가 열기로 한 크랩 보일에 관해 나한테 한마디도 하지 않아. 하긴 그애는 나한테 어떤 얘기도 하지 않지. 그냥 자기가 하고 싶은 걸 해버려.

—

자지를 빨면서도 구원을 받을 수 있을까? 그냥 궁금해서 하는 소리다. 사실 자지도 구원도 관심 없다. 모퉁이 너머의 트레이시는 늘 자지를 빤다. 하지만 그애는 무슨 짓이든 할 거니까 그애를 기준으로 삼으면 안 된다. 카셸의 삼촌한테는 백인 여자친구가 있었는데 카셸은 그들이 모두 잠들었다고 생각하고 뒤쪽 포치에서 빠는 걸 할 때 몰래 보곤 했다. 카셸은 자지를 빠는 건 지저분해서 절대 하지 않을 거라고 한다. 카셸은 늘 자기가 절대 하지 않을 일들 이야기를 한다. 그애한테 여자를 좋아하느냐고 물었다. 어쩌면 여자애들하고 하고 싶을 수도 있지 않으냐고. 그러자 그애는 버럭 화를 내더니 웃기지도 않는다고 말했다. 나는 웃기려고 한 얘기가 아니라고 말했다. 여자를 좋아하더라도 나는 괜찮다는 거다. 하지만 그애는 들으려고도 하지 않았다. 그냥 고개를 냅다 저으며 자기가 얼마나 착한 앤줄 아느냐면서 울기 시작했다. 카셸은 덩치 큰 울보다. 내가 옆에 없으면 사람들은 이미 그러고 있는 것보다 훨씬 심하게 그애를 갖고 놀 거다. 어쨌든. 오늘 교회에서 목사 영감은 우리가 구원을 얻어야 하고 천국에 가고 싶으면 죄가 되는 육신의 쾌락을 포기해야 한다고 이야기했다. 구원받은 사람들은 오로지 구원받는 얘기만 하고, 죄에 관해 잔소리하고, 교회에만 가는 것 같다. 교회는 지옥처럼 지겹고, 그래서 그냥 스위트 세이디를 지켜보면서 그녀의 섹시한 몸과 은밀한 과거 생각만 한다.

—

주께서 나에게 증표를 주셔야 해. 나는 주의 뜻대로 살고 싶어. 하지만 뭐가 더 나쁠까? 자엘이 교회에 안 가는 것과 타락한 마음으로 가는 것 가운데? 그게 이번주 우리 성경 공부에서 한 얘기야. "또한 그들이 마음에 하느님 두기를 싫어하매 하느님께서 그들을 그 타락한 마음대로 내버려두사 합당하지 못한 일을 하게 하셨으니 곧 모든 불의, 추악, 탐욕, 악의가 가득한 자요, 시기, 살인, 분쟁, 사기, 악독이 가득한 자요, 수군수군하는 자요, 비방하는 자요, 하느님께서 미워하시는 자요, 능욕하는 자요, 교만한 자요, 자랑하는 자요, 악을 도모하는 자요, 부모를 거역하는 자요, 우매한 자요, 배약하는 자요, 자연스러운 애정이 없는 자요, 무자비한 자라. 그들이 이 같은 일을 행하는 자는 사형에 해당한다고 하느님께서 정하심을 알고도 자기들만 행할 뿐 아니라 또한 그런 일을 행하는 자들을 옳다 하느니라."「로마서」1장 28-32절.

이건 자로 잰 것처럼 딱 맞게 자엘 얘기야. 분쟁, 사기, 악독이 가득하다. 그리고 부모를 거역하는 자! 어떤 순간에 만일 자기 죄를 두고 그냥 고집만 부리려 하면 하느님은 그들을 그 타락한 마음대로 내버려두신다. 샤프 집사가 수요일 밤에 이 구절을 설명할 때 나는 곁눈질로 자엘을 봤어. 아이는 처음에는 평소처럼 멍한 표정이더니 이윽고 약간 미소를 지었어. 순간적으로 나는 예수께서 내 울음을 듣고 아이 마음에 기적을 일으켰다고 생각했지. 그러다 아이의 눈길을 따라가보았어. 아이는 세이디 자매에게 미소를 짓고 있던 거야! 성경이 말씀하신 대로였어. 추악, 자연스러운 애정이 없는. 나는 그것을 볼 수 있었어. 하지만 다른 누구도 보지 못했다고 생각해. 아마도 다른 사람들에게는 그저 무구한 미소로만 보였을 거야. 그들은 내가 아는 거, 그 일기에 세이디 자매에 관해 써놓은 그 이루 말로 할 수 없는 걸 모르니까.

그 순간 세이디 자매가 우연히 고개를 들어 자엘을 보고 마주 미소를 지었어. 그렇다고 고아에게 그저 예의를 지켜 친절한 태도를 보인 세이디 자매가 잘못했다는 건 아냐. 예수님은 고아와 과부에게 먹을 걸 주라고 했잖아. 하지만 나의 구주가 여기 이 고아의 생각은 좋게 보지 않을 거라는 걸 나는 알아.

자. 나는 그때 그 자리에서 마음을 정했어. 다음 주일 아침에는 교회에 가자고 아이를 깨우지 않을 거고, 이제 수요일 밤 성경 공부도 없다. 아이는 그레이터 홀리니스 침례교회에서 자신의 추악을 더는 드러내지 못할 거다. 내가 숨이 붙어 있는 한 그러지 못할 거다.

주께서 내가 왜 이애를 주의 집에 들어가지 못하게 하는지 이해하시기를 바랄 뿐이야.

—

나는 모리스 데이를 좋아하지 않는다. 알고 보니 본명이 제이미, 여자 이름이다. 하지만 어느 게 더 나쁜지는 모르겠는데 '모리스 데이'라고 하면 광고에 나오는 까다로운 고양이 모리스가 떠오르기 때문이다. 그 생각을 하다보니 그가 노란 얼룩무늬 고양이처럼 보이기도 한다. 회색 고양이 눈, 구레나룻. 콧수염은 내 동급생 남자애들 몇 명이 더 진하다. 진짜 모리스 데이만큼 귀엽지도 않다. 게다가 담배를 피워서 입냄새가 지독하다. 또 그의 집은 전혀 특별할 게 없다. 이층집이지만 방들이 아주 작다.

거기에는 그가 플로리다 방이라고 부르는 방이 하나 있다. 내 눈에는 그냥 거실처럼 보인다. 게다가 방마다 그의 죽은 어머니가 가지고 있던 쓰레기가 빽빽하게 들어차 있다. 그 여자는 취향이 끔찍했고 도기 고양이를 만드는 걸 좋아했다. 그 좆같은 고양이를 50까지 세다 포기했다. 하지만 게는 좋았다. 진짜 뜨겁고 짭짤했으며 살이 뭉텅이로 들어 있었다. 내가 좋아하는 대로. 할머니가 해주는 게는 똥 같다. 맛도 없고 밍밍하다. 발라내느라 그 법석을 떨 가치도 없는 얄팍한 살 뿐이다. 할머니는 아주 작은 게를 산다.

모리스 데이/제이미는 한 다스에 8달러 하는 커다란 게를 샀다. 그가 냄비에 그걸 떨어뜨릴 때 카셸은 겁을 먹은 것처럼 내 뒤에 숨었다. 그는 게 한 마리를 집게로 집더니 그걸 카셸 몸 위에 얹을 것처럼 장난을 쳤다. 카셸은 비명을 지르며 위층으로 올라갔다. 모리스/제이미는 게를 든 채 카셸을 쫓아 위로 달려갔다. 잠시 후 카셸이 다시 달려내려올 거라고 생각했지만 그애는 내려오지 않았다. 그래서 위로 올라가보았다. 게는 층계 꼭대기에서 나를 향해 기어오고 있었다. 그걸 발로 차 아래 일층으로 돌려보냈다. 게가 바닥에 떨어지면서 금이 가는 소리가 들렸다. 고개를 돌렸을 때 카셸이 방 한곳에서 나오며 백치처럼 싱글거리고 있었다. 모리스/제이미는 바로 뒤에서 여전히 멍청한 집게를 든 채 코카인 중독자처럼 땀을 흘리고 있었다. 뒷마당에서 게를 먹는 동안에도 내내 땀을 흘리고 있었다. 너무 번들거리고 역겨웠다. 게다가 계속 웃기지도 않는 우스개를 씨부렸다. 하지만 카셸은 그가 에디 머피*라도 되는 것처럼 아주 크게 웃음을 터뜨렸다.

나중에 집으로 걸어갈 때 그애가 뭔가 이야기해주기를 기다렸으나 그애는 아무 말이 없었다. 그래서 내가 말했다, 그 사람 돼지처럼 땀을 흘리던데. 게다가 심지어 귀엽지도 않아. 또 집은 온통 쓰레기뿐이야. 카셸은 그냥 눈알을 굴리더니 어차피 내 마음에 드는 사람은 없다면서 나중에 이야기를 하자고 말했다. 그게 나흘 전이었다. 두어 번 전화를 했는데 미스 데브라는 그애가 집에 없다고 했다. 그리고 여전히 그애한테서 전화는 오지 않았다.

어제는 가게에서 돌아오면서 멀리 도는 길을 택해 고등학교 뒷편의 들판을 가로질러 제이미의 집을 지나갔다. 그는 진입로에서 캐딜락을 세차하고 있었다. 사실 그의 죽은 어머니의 캐딜락이다. 담배가 그의 입에서 당장이라도 떨어질 것처럼 대롱거리고 있었다. 늘 그러듯 돼지처럼 땀을 흘리고 있었다. 소매가 없는 속옷만 입고 있었는데도. 두 팔은 물렁물렁하고 창백했다.

---

* 코미디 영화에 많이 나오는 미국의 배우.

근육이라고는 찾아볼 수 없었다. 엉덩이가 물렁물렁한 깜둥이. 나는 못 본 척하려 했지만 그가, 어이, 예쁜 아가씨, 하고 소리쳤다. 나는 그를 무시하고 계속 걸었다. 그러자 그가 말했다, 네 친구를 막 놓쳤네. 방금 떠났거든. 그는 계속 말했고 나는 계속 걸었다.

좆같은 카셀. 좆같은 그년의 남자 취향.

—

평생 그렇게 고마움을 모르는 애는 본 적이 없어. 얘는 평생 배고팠던 날이 없거든, 내 집에선 없어. 장담하는데 누군가의 위탁 양육을 받았다면 그렇게 키가 크지도 몸이 튼튼하지도 않았을 거야. 내 속에서 우러나오는 선한 마음으로 아이를 맡지 않았다면 분명 그런 집으로 가고 말았을 텐데. 나는 내 자식을 길렀지만 그애를 먼저 보냈어. 손녀도 먼저 보냈어. 이제 이 땅에서 좀 쉴 자격도 얻고 천국에서 면류관을 쓸 자격도 얻었다고 믿어. 하지만 내가 아니면 이 아이가 어디로 갔겠어? 내가 빚지지 않고 살려고 최선을 다하는 판에 이 발랑 까진 조그만 년이 내가 해주는 게가 똥 같다고 해?

그래. 오늘 오후에 어디로 뛰어나갔든 그 엉덩이를 끌고 다시 들어오면 한마디해야겠어. 이제 얘가 일자리를 얻을 때가 됐어.

—

　나와 카셸은 제이미와 함께 해변에 갔다. 카셸은 그를 대부라고 불렀고 그가 사준 새 노란색 수영복을 입었다. 그는 그애를 공중에 높이 들어올렸고, 그가 연거푸 파도 속에 던질 때마다 카셸은 소리를 지르고 웃음을 터뜨렸다. 카셸은 작은 아이가 아니다. 그래서 그가 약한 두 팔 때문에 비실비실해 보여도 보기보다 힘이 세다는 느낌이 든다. 이내 그 놀이가 지겨워졌는지 카셸은 제이미의 어깨에 올라앉았고 그는 더 멀리 바닷속으로 걸어갔다. 보이지는 않았지만 그의 두 손이 카셸의 허벅지를 움켜쥐고 있을 것이라고 상상할 수 있었다. 이따금 그애 몸이 흔들리곤 했다. 아마 웃음을 터뜨렸겠지. 그들은 아주 멀리 나갔기 때문에 이제 소리가 들리지 않았다.

　더운 날이었지만 제이미가 빌린 파라솔 밑에 있으니 못 견딜 정도는 아니었다. 나는 소다며 얼음이며 해바라기 씨며 감자칩을 사려 7-11에 들렀을 때 함께 들고 온 〈피플〉 잡지를 들고 담요에 앉았다. 수영복이 없으니 물에는 들어가지 않겠다고 이미 카셸에게 이야기를 해두었다. 그애는 말했다, 반바지를 입고 들어가면 돼. 금방 마를 거야. 나는 그냥 눈알을 굴렸다. 카셸은 정말 멍청하다. 하지만 제이미는 그애 옆에 서 있다가 그애가 이 넓은 세상에서 가장 똑똑한 애라도 되는 양 고개를 주억거렸다.

해변으로 향하는 판잣길을 걸어가다 해변 용품을 파는 가게를 지나갔다. 카셸은 하얀 선글라스, 노란 플립플롭, 색색의 물고기가 그려진 커다란 타월을 집어들었다. 그애는 그 모든 걸 제이미한테 건넸고 그가 돈을 냈다. 금전등록기 바로 옆에 수영복도 팔았다. 제이미는 하나 사라고 나에게 권하지 않았다. 권한다고 내가 덥석 받기야 했겠냐만.

어느 지점에서 물이 제이미의 목까지 올라왔다. 카셸만 보였기 때문에 알 수 있었다. 마치 파도 위에 앉아 있는 것처럼 보였다. 이윽고 그애는 제이미의 어깨에서 뒤로 굴러떨어지고 파도가 둘을 덮쳤다. 다시 그들의 머리가 보였을 때 그들은 서로 마주보고 있었고 카셸은 두 팔로 제이미의 어깨를 감싸고 있었다. 어떻게 저애는 제이미의 입에서 나는 지저분한 담배 냄새를 저렇게 가까이서 견딜 수 있을까? 욱. 물 때문에 보이지는 않았지만 장담하는데 그애의 두 다리는 아마 그의 등을 감싸고 있었을 거다. 이윽고 둘이 함께 나를 돌아보았다. 나는 〈피플〉을 들어올려 얼굴을 가렸다.

둘 다 짜증나.

나는 스위트 세이디에 관한 백일몽을 꾸기 시작했다. 장담하는데 세이디는 목사 사모가 되기 전에 해변에 수도 없이 왔을 거다. 세이디가 어떤 덩치 큰 놈의 오토바이 뒤에 타고 해안선을 따라 달리는 걸 상상한다. 하얀 비키니를 입고 있는데 세이디의 갈색, 갈색 피부와 대비를 이루어 아주 멋져 보인다. 그리고 그놈, 나는 그놈이 거무스름한 선글라스를 끼고 근육을 과시하기 위해 소매 없는 데님 재킷을 입었다고 상상해본다. 그들이 나를 지나치려는 순간 세이디가 그에게 멈추라고 하고 오토바이에서 내린다. 세이디가 쿵쾅거리며 모래밭을 걸어 나에게 오더니 두 손을 내민다. 비키니 위로 삐져나오는 젖통에 계속 눈길이 가는 걸 참으려 애를 쓰지만 세이디는 그걸 알고도 그냥 웃음을 터뜨린다. 세이디는 담요에서 나를 일으켜세워 끌어안는다. 세이디에게서 바닐라와 장미 냄새가 난다. 세이디는 나를 끌어안은 채 함께 해안을 따라 걷고 걷고 또 걷는다.

그 순간 물이 내 발을 건드렸다가 멀어져가는 걸 느낀다.

나는 집에서 가져온 담요로 다시 달려간다. 스위트 세이디가 내 옆에 앉아서 말한다, 왜 그래? 나는 세이디에게 물에 관해 이야기한다. 할머니는 내가 목욕을 하는 줄 알지만 사실은 샤워와 욕조 물을 틀어놓기만 한다는 것. 나는 세면대에서 할머니가 새 목욕이라고 부르는 것만 한다. 그런 식으로 머리에서 발끝까지 닦는다. 그냥 열심히 문지르고 닦아내기만 한다. 나는 세이디에게 엄마가 죽던 날, 내가 그걸 물밑에서 모두 봤다는 이야기를 한다. 우리 모두 물밑에 있었다. 엄마, 아빠, 나. 우리는 우리집에, 방에 있었고 나는 아기 침대에 있었다. 물밑에서. 스위트 세이디가 말한다, 아기 때 일인데 어떻게 그렇게 다 기억을 해? 내가 말한다, 나도 모르겠어요. 그냥 기억해요. 나는 그가 하는 짓도 보았다. 나는 비명을 지르려 했지만 물이 입을 가득 채웠고 그 순간 모든 게 새까매졌다. 할머니는 나에게 거짓말을 했다. 할머니는 엄마와 아빠가 자동차 사고로 죽었다고 했다. 하지만 8이되었을 때 배슈티 이모가 할머니한테 누군가 감옥에서 그의 목을 칼로 그었고 마치 짐승한테 그러듯 피가 다 빠져나가도록 계속 흐르게 내버려두었다고 말했다. 이모는 진짜 슬프게 한숨을 쉬면서 그가 처음에는 아주 착한 애로만 보였다고 말했다. 할머니는 처음부터 아빠가 전혀 착하지 않다는 걸 알았다고 말했다. 하지만 엄마는 그걸 몰랐다고, 아빠가 엄마 콧구멍을 벌름거리게 해놨기 때문에……*

그날 우리집에서 본 아빠 얼굴이 기억난다. 피부가 팽팽했고 비열해 보였다. 우리는 그날 물밑에 있었지만 나는 그걸 기억한다.

---

* 홀딱 반하게 했다는 뜻.

스위트 세이디가 내 팔을 쓰다듬으며 나를 베이비 걸이라고 부른다. 베이비 걸, 그녀가 말한다, 너는 물밑에 있었던 게 아냐. 그건 네 눈물이었어.

나는 잡지 너머로 위를 보았고, 백일몽은 끝났다. 제이미는 카셸을 등에 업고 해안으로 돌아오고 있었다. 내가 있는 파라솔까지 와서도 카셸은 여전히 그의 어깨에 머리를 기대고 있었다. 절대 떨어지기 싫은 것처럼.

집으로 돌아오는 차에서 카셸은 나와 함께 뒷자리에 앉았다. 해변에 갈 때 그애가 앞자리에 앉은 것 때문에 나는 아직 화가 안 풀렸다. 제이미는 다시 담배에 불을 붙였고 나는 창을 내리고 바람을 얼굴로 맞았다. 이윽고 카셸이 아주 작게 내 이름을 부르는 소리가 들렸다. 왜? 나는 아주 큰 소리로 물었다. 그애는 계속 소곤거렸다. 아침 일찍 제이미네 집에서 전화를 걸어 나를 깨우며 한 얘기를 잊지 말라고 했다. 자기 엄마가 물어보면 아침 8시에 해변으로 가는 버스를 탔다고 하라고.

진실은 1시가 되어서야 그애가 다시 전화를 해 해변에 가자고 했다는 거다.

나는 그애한테 등을 돌리고 자는 척했다.

—

거실의 그 낡은 작은 융단을 버릴 때가 되었어. 전부터 없애려고 했어. 자엘과 일자리를 얻는 문제로 법석을 떠느라 너무 흥분해서 그 융단에 발이 걸렸던 게 분명해. 그래, 틀림없이 그랬던 거야. 몸의 균형을 잃었던 거야. 나는 법석을 떨고 있었고 그러다 그냥 몸이 쓰러지는 것을 느꼈고 다음 순간 두 손과 무릎을 바닥에 대고 엎드려 있었어. 그 낡은 융단에 발이 걸린 게 틀림없어. 아니면 그 현기증이란 거, 사람들이 그렇게 부르는 거 때문이었는지도 몰라. 내 친구 알마에게도 가끔 그게 생기지. 그거였던 게 분명해.

나는 거기 바닥에 있었고 자엘은 그냥 나를 내려다보고 있었어. 일으키려고 손을 내밀거나 하지도 않았어! 일자리를 찾아보라고 했을 때 그애가 나한테 한 말은 내 입으로 옮길 수도 없어.

나는 세티로 기어가 그걸 잡고 몸을 일으켰어. 그 아이는 그냥 서서 내가 애쓰는 걸 지켜보고만 있었고.

그 이후로 계속 자기 방에만 처박혀 있어. 몇 번 음식 접시를 가지러 나오거나 씻으러 나왔고 그게 다야.

그래, 그애한테 그애 엄마 아빠에 관해서 거짓말을 했어. 하지만 그애를 추한 걸로부터 지키려고 했을 뿐이란 걸 주님이 아셔.

주께서 내 마음을 아시지.

이제 아이도 나이가 들었으니 그 이야기를 해볼 수도 있겠지. 하지만 방에서 나오려 하지를 않아. 카셸이 전화했을 때는 전화를 받으러 나오지도 않았어. 계속 전화를 하다가 마침내 그 아이가 집까지 찾아왔어. 자엘은 방문을 열기는커녕 닫은 채로 이야기하려고 하지도 않았어. 그러자 카셸은 여기로 들어와 입안에서 버터가 녹지도 않을 것처럼* 나에게 아주 달콤하게 말을 했어. 할머니 이랬고요, 할머니 저랬고요. 나는 그애한테 "내가 네 할머니면 네가 지금처럼 제멋대로가 아닐 텐데" 하고 말할 뻔했어. 하지만 예수께 내 혀를 묶어달라고 청했고 예수가 응답해주셨어.

—

카셸은 미스 데브라의 성경에 손을 얹고 우리가 함께 해변에 가기 전까지 제이미의 집에 단둘이 있었지만 제이미에게 허락한 것은 키스뿐이라고 맹세했다. 나는 말했다, 그래, 어디에 키스를 허락했는데? 그러자 그애는 완전히 열받았다. 그날 해변에 다녀

---

* 남부에서 주로 사용하던 오래된 표현. 겉으로는 순진한 척하지만 기만적인 사람을 뜻한다.

온 뒤로 오랫동안 그애와 말을 하고 싶지 않았다. 그애가 나에게 거짓말을 하고 있다는 느낌을 떨칠 수가 없었다. 나는 사람들이 나에게 거짓말을 하는 게 정말 역겹고 짜증난다. 하지만 나하고 카셀은 다시 친구가 된 것 같다. 나는 그애한테 화가 나기보다는 걱정이 앞선다. 하지만 걱정하게 만드는 일을 하는 거, 그게 나를 화나게 하는 거다! 자신을 돌보지 못하는 사람과 친구가 되는 건 노력이 많이 들어가는 일이고 나는 지쳤다. 하지만 카셀은 말하곤 한다, 나는 스스로를 돌볼 수 있어! 하지만 그렇지 않다. 나는 그애가 그러지 못한다는 걸 안다. 그애는 그렇게 생겨먹지 않았다.

그러다 그애가 자기 집에서 밤을 보내자고 백번 천번 이야기해서 마침내 그런다고 했다. 그애는 내가 거기 있는 동안 제이미한테 두어 번 전화를 했다. 그들은 다음주에 같이 카셀이 학교 갈 때 입을 옷을 사러 가는 일에 대해 이야기했다. 나는 그애한테 새 옷을 미스 데브라한테 어떻게 설명할 거냐고 물었고 그애는 송화구를 가리면서 쉿 하라고 손짓을 했다. 나중에는 키스하기 전에 제이미가 그 더러운 담배 입에 칫솔질을 먼저 하게 하느냐고 물었고, 그애는 전화기를 끌고 옷장 안으로 들어가더니 문을 닫아버렸다. 그들이 수다를 떠는 동안 나는 그냥 혼자 놀라는 뜻이었던 것 같다.

우리는 나중에 카셀의 침대에 누워 이야기를 했지만 나는 생각하고 있는 것의 반도 이야기하지 않았다. 그애는 계속 제이미가 이랬고 제이미가 저랬고를 반복했다. 그리고 자기 또래의 남자애들은 그냥 자기하고 박고 싶어할 뿐이라고, 귀엽지도 않으면서 배짱도 좋다고. 제이미는 그냥 자기하고 키스를 하는 것만으로도 행복하다고 생각하고 자기와 시간을 보내고 자기한테 돈을 쓴다고. 자기가 하고 싶어하지 않는 건 아무것도 하게 하지 않는다고. 나는 그게, 그애가 어떤 걸 하게 하지 않게 내버려두는 게 얼마나 갈지 궁금했다. 그가 다른 사람으로 변해 그애한테 상처를 주기까지 얼마나 남았을까? 하지만 나는 그 모든 걸 속으로만 생각했다.

그러자 그애가 말했다. 왜 그렇게 조용해? 부러워? 그래서 내가 말했다. 누구를? 아무런 대답이 없었다. 이윽고 내가 물었다. 천국이 진짜 있다고 생각해? 그애가 말했다, 당연하지. 그래서 내가 말했다, 나는 천국이 거짓말이라고 생각해. 그러자 그애는 침대에서 일어나 앉아 말했다, 그런 식으로 말하면 하느님이 너를 쳐죽일 거야, 자엘! 나는 그냥 웃음을 터뜨리며 하느님은 그저 멍청한 껌둥이들이 만들어낸 백인에 불과하다고, 산타클로스와 같다고 말했다. 뭐, 그애는 그 말이 전혀 마음에 들지 않는 표정이었다. 그애는 가슴에 팔짱을 끼더니 말했다, 그래, 만일 하느님이 안 계시다면 이 질문에 대답해봐. 사람들이 어디로 간다는 거야, 나중에……

그애는 겁은 또 많아서 '죽는다'는 말을 하지 못했다. 나는 웃음을 터뜨리며 침대에서 몸을 뒤집었다. 그다음부터는 둘 다 잠이 들 때까지 그냥 말이 없었다.

다음날 저녁 집으로 걸어 돌아갈 때 다시 제이미의 집을 지나갔다. 그는 앞마당에서 호스로 풀에 물을 주고 있었다. 해가 져서 좀 시원했고 그는 이번만큼은 땀을 흘리지 않았다. 그가 말했다, 어이, 예쁜 아가씨. 나도 어이 하고 인사를 했다. 그가 말했다, 너는 늘 어디를 바쁘게 가더라. 언제 한번 들러서 나 좀 봐.

나는 말했다, 알았어요.

—

이건 다 내 잘못이야. 나는 성경에서 아이 이름을 골랐어, 아무렇게나. 어쨌든 그 이름을 고른 건 나였어. 나의 어머니와 그분 이전에 그분의 어머니, 또 그분 이전에 그분의 어머니, 나의 자매와 이모와 그들의 자식들…… 우리 모두 성경에서 우리 이름을 선택했어. 가족 가운데 가장 나이든 여자가 커다란 가족 성경을 펼치고 그 페이지 한곳을 손가락으로 짚었지. 뭐가 되었든 그 손가락에서 가장 가까운 여자 이름이 태어날 여자아이의 이름이 됐어. 없으면 계속 페이지를 넘기며 여자 이름이 나올 때까지 손가락으로 짚었어. 우리가 낳은 건 다 딸이었어. 일곱 세대 동안 오직 딸뿐이었다고. 내가 운을 믿는다면, 우리 삶이 실제보다 낫게 풀렸다면 그걸 럭키 세븐이라고 할 수도 있었겠지. 어쨌거나 나는 가끔 로토에서 칠을 잔뜩 골라. 가끔 그런다는 거지 자주 하는 일은 아니야. 어쩌면 칠이 주님의 메시지일지도 모르기 때문이지. 사람들은 말하기 좋아해. "하느님은 신비하게 움직이며 놀라운 일을 행하신다." 하지만 그건 성경이 아니야. 그건 찬송가야. "깊도다 하느님의 지혜와 지식의 풍성함이여, 그의 판단은 헤아리지 못할 것이며 그의 길은 찾지 못할 것이로다!" 하고 말하는 건 「로마서」 11장 33절이고.

칠을 고른 게 한두 번 집에 전기가 끊기지 않게 도와주긴 했지. 주께서 그런 것에 화를 내실 리는 없어. 우리 일곱 세대. 1871년의 도카스. 1890년의 에이다. 에이다의 다섯 딸인 클로이, 마라, 셸로미스, 살로메, 그리고 1906년에 나의 어머니 메이트레드. 나, 데이마리스는 1922년, 그리고 내 동생들인 배슈티, 유오디아, 코즈비. 1937년에 내 딸인 팀나. 1955년에 자엘의 어머니 케투라. 그리고 내가 이름을 잊어버린 한 무더기의 조카딸, 대조카딸, 사촌들. 전에는 우리 이름을 다 말할 수 있었는데.

나는 애의 이름을 자엘이라고 지었어. 내 손가락이 바로 그 이름 위에 올라가 있었거든. 보통 여자애 이름을 찾으려면 그 페이지 여기저기를 살펴봐야 했고, 아니면 다른 페이지에서 다시 시작해야 했지. 하지만 그때는 바로 그 이름을 딱 짚었어. 나는 그 사실에 너무 흥분해서 그게 이 아이가 축복을 받을 징조라고 생각했어. 이 아이는 다를 거라는 징조. 나는 굳이 성경에서 자엘의 이야기를 읽지 않았어. 한참 뒤에야 읽었지.

그걸 읽었더라면 다른 이름을 선택했을지도 몰라. 하지만 아마 그러지는 못했겠지. 여섯 세대의 전통에 맞서면 내가 어떻게 보이겠어? 우리는 이름에 얽힌 이야기는 절대 하지 않았거든. 고른 이름은 그냥 주어진 이름이었어.

자엘이 처음 학교에 가는 버스를 탔을 때 몇몇 아이들이 "제일버드"*라고 부르며 놀렸어, 특히 그 트완이. 트완은 버딘 러셀의 버르장머리 없는 손자들 가운데 하나야. 그 녀석은 정류장에서 집까지 우리 아이를 쫓아왔고 나는 녀석이 앞에서 아이한테 "제일버드! 제일버드!" 하고 외치는 소리를 들을 수 있었어. 그러면 다른 아이들이 웃음을 터뜨리며 목소리를 모으곤 했어. 그

---

* 감옥(Jail)을 제집 드나들듯 하는 사람. 자엘은 우리말 성경에는 야엘로 나오며 영어에서는 보통 제일이라고 발음한다.

때마다 카셀은 되풀이해 아이들한테 말하곤 했어, "자-엘이야."
그래도 아이들은 계속했어. 그러나 자엘은 그 아이들한테 전혀
마음을 쓰지 않았지. 당시에 나는 애가 착하게도 내가 말하는 대
로 그 아이들을 무시하고 그 아이들을 주께 맡기는 거라 생각했
어. 하지만 이제는 그 아이들의 놀림이 이 아이 안에 심긴 그 나
쁜 씨에 물을 주었다는 걸 알아.

우리는 함께 모여 이름을 고르곤 했어. 나의 어머니와 그분의
어머니, 두 분이 살아 계실 때는. 내 자매들과 나. 우리 아이들
과 그다음에는 그들의 아이들, 그런 식으로. 우리는 음식을 만들
어 먹곤 했지. 하느님 아버지에게 어머니와 태어날 딸을 축복해
달라고 빌었어. 웃음을 터뜨리고 이야기를 했지. 그러면 누군가,
보통 그때 그 자리에 있는 남자가 묻곤 했어. "하지만 아들이면
어쩌려고?" 그럼 우리는 그냥 더 웃었어.

전날까지 우리가 말다툼을 하고 법석을 떨고 싸웠다 해도 이
전통이 우리를 한데 모아주었어. 우리는 전통을 존중했어. 우리
가 달리 무엇에 매달리겠어? 자엘이 태어날 때는 다섯 세대가
살아 있었어. 우리가 어려서, 열다섯, 열여섯, 열일곱, 열여덟, 열
아홉에 애를 낳았기 때문이야. 부끄러워할 일도 자랑할 일도 아
니었어. 그냥 그렇게 되는 거였어. 여자로 가득한 가족, 그리고
우리는 남자들과 최악의 시간을 겪었지. 좋은 남자들은 젊어서

죽었고 끔찍한 남자들은 어서 죽어주기를 바랄 만큼 오래 살았어. 하느님 저를 용서하소서.

몇 년 전 뉴스 만드는 사람들이 와서 우리 가족의 재회 이야기를 만들었어. 그게 전국 프로그램에 나갔지. 하지만 이제 나의 엄마, 나의 이모들, 나의 자매들, 나의 딸, 자엘의 어머니…… 모두 사라졌어. 내 막내 여동생 배슈티, 사촌 몇 명, 조카딸과 대조카딸들만 빼고. 아마 이제 그 아이들은 자기네 아기에게 그냥 아무거나 오래된 이름을 지어주나봐, 나한테 연락이 없는 걸 보니. 어쩌면 아들도 몇 명 있을지 모르지. 누가 알겠어?

자엘은 내가 이름을 지은 마지막 아이야. 그리고 내가 짊어질 십자가고.

내가 낳지 않은 아이들 이름도 지었어. 그 차를 마시고 없앤 아이들, 주 예수여, 저를 용서하소서. 애나. 시미스. 루스. 바아라.

—

담배 입은 생각했던 것만큼 맛이 나쁘지 않았다. 아니면 내 마음에 다른 게 있었기 때문인지도 모르는데, 상관없다. 결국은 그럴 만한 가치가 있을 테니까. 제이미가 계속 피우는 담배 때문에 토하고 싶기는 했다. 하지만 토하지 않았다. 그냥 연기 사이로 그에게 미소를 지었다.

우리는 소파에서 한동안 키스를 했다. 이윽고 제이미는 어두워지기 시작했으니 할머니가 걱정하기 전에 가야 하는 거 아니냐고 말했다. 게다가 그는 새벽 3시에 일하러 가야 했다. 그는 선빔 빵 공장에서 일했다. 나는 그에게 할머니는 성경 공부 하러 가서 적어도 한 시간은 더 있어야 집에 올 거라고 말했다. 그러니까 우리가 그냥 키스말고 다른 것도 할 수 있을 거라고. 그는 내가 다른 것도 해봤느냐고 물었다, 다른 사람과. 나는 아니라고 말했고, 그건 사실이다. 제이미는 카셸한테 말할 거냐고 물었다. 나는 그애한테 내 일은 말하지 않는다고 말했다. 그는 아주 옅은 미소를 지었다, 내 대답이 정말로 마음에 들지만 그것을 드러내고 싶지는 않다는 것처럼. 그래서 내가 그 말을 대신 해주었다. 그는 웃음을 터뜨리더니 말했다, 너는 하나도 놓치지 않는구나, 응?

그는 나를 소파에 밀어 눕히기 시작했다. 나는 그에게 고무가 있느냐고 물었다. 그는 아주 실망한 표정으로 말했다, 있고말고. 그는 가지러 가려고 일어섰고 나는 간 김에 이를 닦으라고 말했다. 그는 웃음을 터뜨리더니 말했다, 아가씨, 아주 재밌어.

그가 칫솔질을 끝내고 고무를 들고 돌아왔을 때 나는 앞마당에 서 있었다. 바깥은 어둡고 조용했다. 제이미가 밖으로 나와서 물었다, 왜 그래? 화난 말투가 아니었다. 좀 소곤거리는 목소리였다. 나는 아무것도 아니라고 말했다. 그냥 마음이 바뀌어 집에 가는 게 좋겠다고 했다. 그는 정말 천천히 고개를 끄덕이더니 좋다고 아무때나 환영이라고 말했다.

집으로 걸어오는데 머릿속에서 모든 생각이 서로 앞서 나오려고 경쟁하고 있었다. 한 번에 한 가지를 붙들고 있을 수가 없었다. 우리 거리에 와서 모퉁이를 돌아섰을 때 마침내 하나의 생각이 승리했다. 스위트 세이디. 할머니가 나 없이 혼자 교회에 가기 시작한 이후로 한동안 그녀를 보지 못했다. 하지만 그 사람 생각을 많이 하고 그 사람이 보고 싶다.

—

나는 모르고 쭉 잤어. 지난 두어 주 잠을 잘 자지 못했지만 성경 공부에서 돌아오자마자 약을 먹었고 그러자 바로 곯아떨어졌지. 하지만 이웃집 바버라는 그 소리를 듣고 죽음 같은 잠에서 깨어났다고 말했어. 오늘 새벽 세시 직후에. 쾅! 하는 큰 소리였다네. 바버라는 그게 천둥소리라고 생각하고 몸을 굴려 다시 잠이 들었어. 하지만 곧 사이렌소리가 들렸지.

무슨 가스가 샜다는 게 경찰이 한 말이었어. 가스스토브에서.

오늘 아침 뉴스에도 나왔어. 이름이 제이미 맥화이트인데 사진은 나오지 않더라고. 오래전 내가 어렸을 때 내 어머니가 맥화이트 집안 사람들 몇 명하고 친구였어. 바버라는 이 근처에서 하얀 캐딜락을 몰던 그 피부색이 연한 사람이 그 사람이라고 말했어. 그 사람 어머니—그이의 영혼에 안식을—성은 포터였고 그 사람이 살고 있던 곳이 자기 어머니 집이라고 하더라고. 이제야 아주 오래전 그 여자가 기억나지만 그 여자한테 자식이 있는 줄은 몰랐네. 바버라 말이 제이미의 아빠가 저기 동쪽에서 아이를 키웠대. 그래서 내가 아이를 몰랐던 거야. 하지만 바버라는 그 아이가 사는 거리 아래쪽에 사는 한 여자를 알고 있는데, 그 여자가 바버라에게 그 아이가 눈에 띌 때마다 늘 입에 담배를 물고 있더라고 말해주었어. 담배와 가스는 어울리지 않지. 그 아이가 막다른 골목에 살았고 그 옆 부지가 비어 있는 게 다행이었어. 바버라 말이 그 아이 집 뒤쪽의 집들이 약간 피해를 봤지만 뉴스에서 "다른 사상자는 없다"고 했대.

자엘은 오늘 아침에 오랫동안 하지 않던 일을 했어. 내가 자는 침대에 들어오더니 다시 자더라고.

잠시 후 그 카셸이 자엘을 찾아 전화하기 시작했는데 슬픈 목소리였어. 온종일 전화하고 또 전화를 해댔어. 하지만 전화기를 건네주려 하자 자엘은 싫다고 고개를 저었어. 마침내 열번째쯤 그 제멋대로인 조그만 애가 전화했을 때 나는 그애한테 "하느님은 추한 걸 좋아하지 않아" 하고 말하고 전화를 끊었어. 그뒤로는 더 전화하지 않아.

하지만 나도 자엘과 이야기를 하고 싶어. 하지만 아직도 그애한테 무슨 이야기를 해야 할지 모르겠어. 이 아이는 자기가 옳은일을 하고 있다고 생각했어. 그래, 그 아이는 못된, 못된 남자였지. 하지만 성경에는 분명하게 "살인하지 말라" 또 "원수 갚는것이 내게 있으니 내가 갚으리라고 주께서 말씀하시니라" 하고나와. 만일 바버라가 안다는 그 여자가 자엘이 어제 그 집을 나오는 걸 봤다면? 그 여자가 경찰에게 말한다면?

어쩌면 자엘은 경찰에게 그 아이가 자기하고 그 카셀을 갖고 놀았다고 말할 수도 있겠지. 사람들은 그 아이가 어떤 종류의 사람인지 알게 될 거야.

하지만 사람들이 알지 못한다면? 사람들 생각에 자엘이 꼬리를 치는 아이라면……?

주 예수여, 이 아이에게 할 수 있는 적당한 말을 주시고 아이에게 들을 귀를 주소서!

나를 굽어보소서, 하느님 아버지.

—

    일요일 아침에 일어나 할머니와 교회에 갈 수 있도록 알람을 맞추어놓을 거다. 다시 세이디 자매를 보고 싶다. 진짜로, 꿈에서만이 아니고.

    할머니는 늘 말한다, 눈을 감았다고 다 자는 게 아니다. 내가 그렇다. 나는 내가 아는 걸 다 말하지 않는다. 어떤 건 혼자 간직한다. 가끔은 영원히, 가끔은 적당한 때가 올 때까지. 그냥 뭐가 어떻게 돌아가는지 내가 모른다고 사람들이 생각하도록 내버려둔다. 그러다가, 사람들이 전혀 예상하지 못할 때…… 공격한다.

    하지만 꼭 그런 식일 필요는 없다. 사람들이 입을 다물고만 있으면, 나를 내버려두기만 하면, 자기 일에만 관심을 가지면, 꼭 그런 식일 필요는 전혀 없다.

—

겐 사람 헤벨의 아내 야엘은
다른 여인들보다 복을 받을 것이니
장막에 있는 여인들보다 더욱 복을 받을 것이로다
시스라가 물을 구하매 우유를 주되

곧 엉긴 우유를 귀한 그릇에 담아주었고

손으로 장막 말뚝을 잡으며

오른손에 일꾼들의 방망이를 들고

시스라를 쳐서 그의 머리를 뚫되

곧 그의 관자놀이를 꿰뚫었도다

그가 그의 발 앞에 꾸부러지며 엎드러지고 쓰러졌고

그의 발 앞에 꾸부러져 엎드러져서 그 꾸부러진 곳에 엎드러

져 죽었도다.

—드보라의 노래, 「사사기」 5장 24-27절

기독교인 유부남을 위한 지침

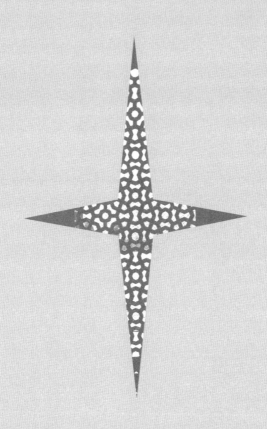

기본

당신, 교양 있고 경건한 여자에게 어린애 취급당하는 남편은 특히 낮은 곳에 달린 열매다. 내 쪽에서는 거의 노력을 기울이지 않아도 딸 수 있을 만큼 무르익은 열매. 당신이 시도하는 유머에 버터처럼 부드럽게 터뜨려주는 웃음, 또는 정상보다 한 박자 긴, 그러나 한 박자 길다는 건 당신의 상상에 불과한 게 아닌가 하는 의문의 여지를 남길 만큼 미묘한 눈 마주침. 당신이 말할 때마다 내가 몸을 더 가까이 기울이는 건 어쩌면 당신 쪽의 희망적 사고에 불과했을 수도 있고, 내가 정말로 당신과 주파수가 맞아 환상의 풋볼과 바비큐에 관한 당신의 독백에 달아올랐던 것일 수도 있다. 또는 어쩌면 당신은 그냥 가끔은 자신을 자식 중에 한 명이 아니라 남자처럼 대해주는 여자를 원하는 것인지도 모른다.

당신은 여러 좌절감에도 불구하고 엇나가고 싶지는 않을 수도 있다. 아마 이러는 게 처음일 것이다. 게다가 당신은 나 같은 사람과 이럴 거라고는 상상하지 못했다―짧은 곱슬머리에 피부색이 진한 여자. 당신 부인과 아주 다른 사람. 하지만 당신을 사로잡은 건 나의 눈, 나의 입술, 나의 치아, 나의 미소, 나의 지성, 나의 가슴, 쉽게 터져나오는 나의 웃음소리였다. 당신이 나 같은 사람과 탈선을 하게 된 것에 대한 어떤 설명, 내가 당신을 달아오르게 하는 어떤 이유를 제시할 필요를 느끼는 것을 나는 이해한다.

당신이 왜 나를 달아오르게 하는가? 당신이 나를 원하면 안 될 이유가 그렇게 많은데도 나를 원하기 때문이다. 그것 때문에 나는 달아오른다. 당신의 굶주림, 당신의 박탈감 때문에 나는 달아오른다. 나는 당신 부인이 왜 당신과 제대로 박으려 하지 않는지 관심 없다. 그 여자가 그러지 않으려 한다는 걸 아는 것만으로도 충분히 만족한다. 모든 위험은 당신이 지는 것이지만 나는 기꺼이 당신과 함께 물로 걸어들어가듯 그 위험 속으로 들어갈 것이다. 나는 늘 물이 깊은 곳에서 노는 것을 즐겼다.

주차

우리 동네에는 노상 주차가 가능하다. 차는 적어도 한 블록 떨어진 곳에 세울 것을 권한다. 근처의 상업지구가 편리한 알리바이를 제공해줄 것이다.

소셜 미디어와 테크놀로지

페이스북: 하느님의 신실함, 또 예수가 당신의 모든 것임을 보여주는 성경 밈을 계속 올려라. 단 당신이 전부터 그런 종류의 일을 하고 있었다면. 하지 않았다면 지금 시작하지는 마라. 아래 "당신의 종교" 항목도 참조.

이 동네는 좁기 때문에 페이스북이 나를 '당신이 알 수도 있는 사람'으로 추천할 수도 있다. 이것을 삭제해야 한다는 말은 할 필요도 없는 것이기를 바란다.

#wcw*에 당신 부인 사진을 올려라. 하지만 사실 부인은 당신이 매일 반하는 여자라는 사진 설명을 반드시 덧붙여라. 또 당신

---

* SNS에서 유행하는 해시태그로 '수요일에 내가 반한 여자(Woman Crush Wednesday)'의 약자.

부부의 기념일, 부인의 생일, 또 그게 아니라도 아무때나 당신 둘의 사진을 올리고 그냥 부인이 정말 멋진 사람이라고 말해라. 프로필 사진은 반드시 당신 둘의 사진이어야 한다.

커뮤니케이션: 우리는 전화번호를 교환하지 않을 것이다. 내가 이미 내려받으라고 요청한 문자 메시지 앱을 통해 서로 연락할 것이다.

당신 전화: 잠가라. 열려면 암호나 핑거 스와이프 조합을 요구하게 해라.

사진: 보내지 마라. 요청하지도 마라.

비고: 들키고 싶다면, 실제로 결혼의 플러그를 직접 뽑을 용기가 없어 그렇게 되기를 원하는 남자들이 있는데, 그럴 때는 이 주의 사항을 무시하라. "당신의 양심" 항목도 참조.

나에 관하여

아는 게 없을수록 좋다. 쌍방 마찬가지다. 선을 넘지 않는 게 핵심이다. 다음은 내가 말해줄 수 있는 것들이다.

나는 자식이 없고 결혼한 적이 없다. 내 인생은 나의 것이다. 나는 베이커리를 소유하고 있고 아마 우리는 거기에서 만났을 것이다. 내가 당신의 결혼 케이크나 당신 딸의 생일 케이크를 구웠을 수도 있다. 나는 이 도시 최고의 복숭아 코블러를 만든다.

나는 어머니가 다른 여자의 테이블에서 부스러기나 남긴 것을 먹는 것을 지켜보며 자랐다. 나는 절대 그러지 않을 거라고 맹세했다. 하지만 지금 나는 여기저기 뒤지고 접시 가장자리까지 핥고 있다.

건강과 위생

반드시 삼십 일 이내에 받은 성병 검사 결과의 원본을 가져와라. 예외는 없다. 안 된다. 수십 년 동안 당신 부인 외에 누구하고도 함께한 적이 없다 해도 마찬가지다. 물론 당신은 내가 왜 당신 말을 그대로 받아들일 수 없는지 이해할 것이다. 도둑들 사이에 명예란 없다. 그 비슷한 얘기다.

스스로 예약해서 검사받지 못한다면 당신은 박을 자격이 없다.

당신은 늘 콘돔을 껴야 한다. 이것은 타협 불가능하다. 콘돔을 낀 채로는 발기가 되지 않는다면 집으로, 당신 부인에게로 가라.

비고: 내 아기 공장은 외과적인 방식으로 폐쇄된 지 꽤 되었다. 그쪽으로는 걱정하지 마라.

당신의 종교

앞으로도 얼마든지 주일학교에서 가르치고 보이스카우트를 이끌고 교회 제직회에서 봉사하라.

죄책감이 당신을 압도한다 해도 나에게 간증하거나 교회에 오라고 권할 생각은 하지 마라. 회개를 요구하지 마라. 나는 회개할 게 없다.

당신은 나를 구원할 수 없다. 나는 위험에 빠지지 않았기 때문이다.

당신 부인

내 앞에서 당신 부인을 헐뜯지 마라. 그 여자가 섹스하는 동안 불가사리처럼 그냥 누워만 있다거나 사람들 앞에서 당신의 남성성을 무력하게 만든다거나 하는 이야기는 듣고 싶지 않다. 그것은 당신이 여기 와 있는 것을 정당화하는 데 이르는 미끄러운 비탈일 뿐이며 우리는 지금 그런 걸 하자는 게 아니다.

당신은 그 여자를 알지만 나는 여자들을 안다. 당신은 당신이 바람을 피우는 걸 알면 그 여자가 화를 내거나 실망할 거라고 가정한다. 하지만 어떤 부인들은 오히려 안도한다는 걸 알면 당신은 놀랄지도 모르겠다. 당신 부인은 아마 당신이 욕구를 다른 데로 가져가서 얻게 된 평화와 고요에 감사할 것이다. 그 여자는 사실 지금도 섹스를 원할 수 있다. 단, 당신하고는 아니다. 더는 아니다. 당신은 왜 그런지 탐색하고 싶어 결혼 상담을 하고 싶을지도 모른다. "상담사" 항목도 참조.

돈

선물은 환영하지만 나한테 돈을 주거나 생활비를 대겠다고 제안하지 마라. 나는 성 노동자가 아니다.

섹스

내 엉덩이를 때리거나 쓰레기 같은 속옷을 입혀도 좋다. 그런 것들이 따분하고 끔찍할 만큼 독창성이 없다고 생각하지만 순순히 따르겠다. "환상" 항목도 참조.

나는 쉽게 또 여러 번 오르가슴에 이른다. 이것은 당신의 성적 능력과 거의 상관이 없다는 점을 알고 있어라. 신체적 흥분은 쉽다. 그러나 나는 정신적이고 지적인 자극을 갈망한다. 내 머릿속으로 들어와라. 나를 놀라게 하라. 나에게 도전하라.

당신 자지가 중요하긴 하지만 나는 거기에 지나치게 관심을 쏟지는 않는다. 손은 좋아한다. 손은 정말 정말 좋아한다. 클수록 좋다. 그 손으로 안고 쓰다듬고 감싸고 쥐어주기를 바란다.

입술과 혀와 키스도 좋아한다. 깊고 정열적인 키스, 또 깨물기. 제대로 키스만 하면 나는 가버린다. 당신이 내 비밀의 장소를 발견하여 그곳에 키스하고 그곳을 딱 맞게 만져주기만 하면 나는 우리 둘을 다 익사시킬 것이다.

비고: 당신 부인이 뭘 좋아하고 좋아하지 않는지는 아나? 알아야 한다.

당신의 양심
부인에게 고백하겠다고 결심한다 해도 그 여자가 내 집으로 오지는 않게 하라. 부인은 감정이 상할 것이다. 우리의 관계는 구속력이 없다. 떠나고 싶으면 떠나라. 하지만 당신의 쓰레기를 내 마당으로 들이지는 마라.

그리고 여기 있을 때는 꾸물거리지 마라. 나는 잡담을 싫어한다. 당신의 곤두선 신경은 문밖에 두고 와라. 하거나 하지 마라. 간보는 건 없다.

"상담사" 항목도 참조.

약물

어떤 것에도 취한 채로 나에게 오지 마라. 언제나 자신의 기능을 완전히 통제하고 행동에 완전히 책임을 져야 한다.

나한테 마약을 구해달라고 하지 마라. 잡초*도. 당신 사촌에게, 당신 집안사람 모두에게서 당신을 더 본받아야 한다는 말을 듣는 그 사촌에게 부탁해라.

---

* 대마초를 가리킨다.

여행

일정을 미리 알려주고 비용을 대준다면 여행을 갈 수 있다.

상담사

나는 당신 상담사가 아니다. 당신의 실패나 무능에 대한 두려움, 유년의 트라우마, 중년의 회한, 자식, 직장에서 느끼는 좌절에 관해 듣고 싶지 않다. 이것은 감정을 끌어들이지 않으려는 안전판 가운데 하나지만, 더 중요한 것은, 이게 내가 당신 부인처럼 당신에게 짜증이 나는 것을 막아준다는 점이다.

왔을 때

결혼반지는 나이트스탠드에 빼놓아라. 당신 손은 깔끔하고 손톱은 갸름할 수도 있다. 아니면 추위나 손질 부족 혹은 그 둘 다 때문에 거칠고 건조할 수도 있다. 하지만 커야 하고, 그래서 손으로 나를 잡을 때 늘 단단하고 공격적이어야 한다.

커프스단추도 빼고 이름 첫 글자가 수놓인 셔츠의 단추도 풀어라. 모교나 남학생 클럽의 스웨트셔츠는 머리 위로 벗어라. 당신 아이들이 아버지의 날에 선물로 준 줄무늬 폴로 셔츠도 벗어라.

속옷 상의를 벗어라. 당신 가슴은 털이 많을 수도 있고 매끈할 수도 있다. 털을 다듬었느냐, 다듬지 않았느냐 하는 것은 내 알 바 아니다. 복근은 팽팽하고 윤곽이 뚜렷할 수도 있고, 배불뚝이가 되어 예전에는 팽팽하던 곳이 물렁물렁하고 둥글둥글해졌을 수도 있다. 아니면 당신 배가 코냑이며 진이며 맥주 이야기를 해줄 수도 있다. 밤에 당신이 잊기 위해 마시는. 또는 기억하기 위해 마시는.

콜한 로퍼나 아디다스를 벗어라. 양말을 벗어라. 아니면 그냥 신고 있든가.

청바지, 운동복, 맞춘 아르마니 정장 바지는 의자 등받이에 걸거나, 침대 발치에 놓거나, 아니면 바닥에 던져라.

긴 사각팬티나 짧은 사각팬티를 아래로 끌어내리고 완전히 벗어라. (삼각팬티를 입고 있으면 나가달라는 요청을 받게 될 것이다.) 당신이 나를 위해 준비가 되었는지, 또는 준비가 되지 않아 나의 도움을 원하는지 보여라.

전화기는 무음으로 돌려라. 아니면 그냥 놔두거나.

위에서 어떤 선택을 하든 당신이 여기 속한 사람이 아니라는 사실을 일깨우는 표시는 없애야 한다. 다만 당신의 결혼반지는 반드시 내 나이트스탠드 위에, 늘 눈에 보이도록 놓아두어야 한다. 그게 당신 구명줄이다. 그게 당신이 둥둥 떠서 내 안으로 들어와 몇 시간 이상은 머물지 않도록 막아줄 것이다.

전희

나는 당신이 부인과 하는 섹스가 당신이 외과 수술 비슷하게 준비하는 조율된 행사라는 사실을 알고 있다. 그녀는 구슬리기나 칭찬, 마사지를 비롯해 당신과 섹스를 할 기분에 빠져들게 해주는 다른 로맨틱한 제스처를 요구한다. 나는 그런 걸 요구하지 않는다. 나는 당신 같은 남자들의 등 위에* 나 자신의 충동과 욕망의 기념비를 세운다.

환상

우리에게는 모두 어두운 면이 있다. 당신이 나와 함께 당신의 어두운 면을 탐사해볼 것을 권한다. 나는 당신을 심판하거나 모

---

* 이용한다는 뜻도 된다.

욕하지 않으며, 당신의 모든 비밀이 나에게 오면 안전하다는 것은 말할 필요도 없다. 만일 당신이 내가 따를 수 없는 것을 제안하면 나는 그냥 안 해, 라고 말할 것이고 우리는 두 번 다시 그 이야기를 하지 않을 것이다.

어떤 환상은 어둡지 않다는 것을 알고 있다. 그것은 그냥…… 존재한다. 여기에도 똑같은 규칙이 적용된다. 심판도 없고, 모욕도 없다. 역할 놀이는 당신이 좋아하는 것을 발견할 수 있는 좋은 방법이다. 내가 좋아하는 것 가운데 당신이 함께할 수 있는 게 몇 가지 있다, 요청한다면.

감정

당신의 에고에게 이런 소식을 전하기는 싫지만 자지가 마음에 들었다고 해서 당신에게 감정이 생기지는 않을 것이다. 당신이 나에게 감정이 생긴다면 걱정하지 마라. 그 순간은 지나갈 것이다.

어떤 일이 있어도 나 때문에 결혼을 깰 생각은 하지 말아야 한다. 원한다면 결혼을 깰 수는 있겠지만 나 때문이어서는 안 된다. 나는 차례를 기다리는 배우처럼 무대 옆에서 당신이 독신이 되기를 기다리고 있는 게 아니다. 잊지 마라. 내가 당신을 원하는 이유는 당신의 허기, 그리고 당신이 출입 금지 구역에 있다는 사실과 결부되어 있다. 상사병에 걸린 십대처럼 행동해서 이걸 망치지 마라.

비고: 내가 당신에게 진짜로 빠지기 시작할 경우 당신은 그걸 알게 될 것이다. 당신의 문자 메시지에 답하는 것을 중단할 테니까. 이게 최선이다.

이 지침은 딱딱하게 적혀 있지만 나는 사실 당신을 좋아하고어서 당신하고 박고 싶어 견딜 수가 없다. 내가 당신을 좋아하지 않고, 당신 생각으로 내 팬티가 젖지 않는다면 우리는 여기 있지도 않을 것이다.

떠날 때
당신은 만족 이상의 상태로 떠나게 될 것이다. 나는 우리가 함께하는 매 순간이 우리의 마지막인 것처럼 당신을 대할 것이다. 당신 같은 남자들은 어디로 튈지 모른다는 것, 그걸 경험으로 알게 되었으니까.

샤워를 하든 말든 상관없다. 당신 물건을 챙겨라. 아무것도 남기지 마라. 반지를 다시 껴라. 선헤엄을 쳐 마른땅으로 다시 돌아가라.

에디 레버트가 올 때

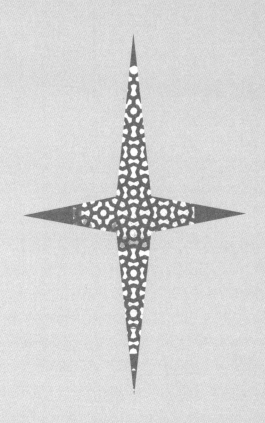

"오늘이 그날이야." 아침 쟁반을 들고 딸이 방에 들어갈 때마다 엄마는 매일 말했다.

"안녕히 주무셨어요, 엄마." 딸은 엄마의 화장대 앞 푹신푹신한 의자에 쟁반을 놓았다. 얇은 커튼을 뚫고 빛을 쏘아대는 이른 아침 햇빛에 눈을 찌푸렸다. 엄마의 화장대는 몇 달 동안 손도 대지 않은 파우더와 향수병으로 덮여 있었다.

엄마는 아무 말 없이 딸을 스쳐지나갔다. 시퍼로브* 서랍을 열고 흰 바탕에 군청색 줄무늬가 있는 짧은 소매 블라우스를 꺼냈다. 블라우스를 침대로 가져가 허리에 고무 밴드가 있는 연한 파

_____

* 정리장과 양복장이 하나로 되어 있는 가구.

란색 면 스커트 위에 놓고 다림질을 하듯 두 손으로 옷들을 쓰다듬었다. 그녀는 얼굴을 찌푸렸다.

"내 아름다운 것들 다 어디로 갔어?" 그녀는 딸에, 방에, 허공에 대고 물었다. "내 아름다운 랩드레스와 펜슬스커트는? 나는 그이에게 최고의 모습으로 보이고 싶어. 그 사람이 오늘 와, 알잖아. 내 예쁜 시스루 블라우스하고 바지 정장은 어디 있어? 그거 못 봤어? 내 옷장에서 치웠어? 내 거 훔치는 거야?"

"아니에요, 엄마." 딸이 말했다.

"그거 다 마셜 필드 백화점에서 직원 할인으로 산 거야. 네가 무슨 권리로 그걸 빼앗아."

딸은 엄마에게 마셜 필드는 이제 존재하지 않는다는 걸, 엄마는 80년대에 거길 그만두었다는 걸 굳이 말하지 않았다. 대신 엄마가 아침을 먹을 수 있도록 침대에서 살며시 끌어내 리클라이너에 앉혔다. 엄마의 식욕은 여전히 끄떡없었다. 의사는 그게 좋은 일이라고 했다, 상대적으로 볼 때.

엄마는 수다를 떨면서 바쁘게 토스트에 버터를 바르고 달걀에 케첩을 얹었다. 딸은 케첩과 달걀 둘 다 좋아했지만 늘 그렇게 먹는 건 역겹다고 생각했다.

"그 사람이 오늘 올 거야." 엄마는 음식을 씹으면서 말했다. 케첩 방울이 그녀의 나이트가운 앞쪽 하얀 리본에 점점이 박혔다. 비합리적인 반응이었지만 딸은 짜증이 났고, 그걸 세탁기에 던지기 전에 얼룩 제거제를 좀 발라야겠다고 머릿속에 기록해두었다. 쉽게 짜증을 내고 끝도 없이 혼돈에서 질서를 만들려 하는 걸 보면 영락없이 그 어머니의 그 딸이었다—지금의 어머니 이전의 어머니. 어떤 면에서 그녀는 지금 이 어머니가 더 좋았다. 망각에 빠진 엄마는 더 친절했고—도둑질은 비난했지만—요구는 더 단순했다.

엄마는 페이퍼 타월로 입을 두드렸다. "맛있네. 고마워." 그녀는 대충 딸 쪽에 대고 말했다.

"별말씀을요, 엄마." 딸은 여전히 그런 예의에 익숙해지지 않았다. 그녀는 문으로 향했다. 이날 첫번째 집 구경을 시켜줄 시간, 방문 간호사가 도착하여 그녀와 교대해줄 시간이 거의 다 되었다.

"바로 다시 와서 이 쟁반 가져가도 돼." 엄마가 딸의 등에 대고 소리쳤다. "나는 준비를 해야 하거든. 그이가 곧 여기 올 거야. 집에 오면 반드시 알려줘, 들었어?"

딸은 들었지만 문손잡이를 잡고 엄마에게 등을 돌린 채 말없이 서 있었다.

"내 말 들었어?" 엄마의 목소리가 애원조로 변했다. "오늘이 그날이라니까."

딸이 방을 나가며 뒤로 문을 꼭 닫았다.

—

딸은 어린 시절 여름방학 때 가끔 자신에게 자기 진짜 이름을 소곤거리곤 했다. 그저 그 이름을 한 번도 듣지 못하고 몇 달이 지나가버리는 걸 막으려는 것이었다. 선생님들을 제외한 모든 사람이 엄마를 따라 그녀를 절대 이름으로 부르지 않고 늘 "딸"이라고 불렀다. 마치 그녀가 오직 어머니와의 관계, 집에서 하는 일과의 관계 속에서만 존재한다는 듯이. 딸. 가정부. 식모. 보모. 간호사. 노예. 실제로 자신이 그런 존재인 듯 느껴졌다. 딸, 이거 해줄래? 딸, 저거 해줄래? 번역하면, 이거 해. 저거 해. 질문이나 불평 없이. 아니면 따귀를 맞았다. 그러나 남자 형제인 리코와 브루스는 자기 이름을 들었고 자기 하고 싶은 것만 했다.

어른이 되어서도 별로 달라지지 않았다, 브루스가 죽은 거 빼고는. 약물로. 리코와 그의 부인과 애들은 건너편 동네에 살았다. 이따금 조금이라도 쉬려면, 엄마와 시간을 보내는 데 전혀 관심이 없는 그에게 염치가 있어야 한다고 다그쳐 그를 건너오게 해야 했다.

"어이, 엄마가 '오늘이 그날이야' 하는 거 그거 좀 그만하면 좋겠어." 엄마가 그에게 에디 레버트 이야기를 처음 한 날 리코는 딸에게 불평했다. "저 미친 똥 같은 소리를 계속 듣고 싶지 않아."

"나는 날이면 날마다 듣는데." 딸이 쏘아붙였다. "나하고 바꿀래?"

"사람을 쓰면 되잖아, 그 상근―"

"아니면 네가 조금이라도 신경 좀 쓰는 아들 노릇을 해도 되고."

리코는 팔짱을 끼며 한숨을 쉬었다. 나이가 마흔인데도 여전히 아기 얼굴이었고 늘 샐쭉해졌다.

"네가 바로 여기 있는데 다른 사람더러 엄마를 돌보라고 돈을 줄 필요는 없잖아." 딸은 말한 적이 있었다. "나도 엄마가 완벽한 어머니가 아니었다는 건 알아. 그래도 우리 어머니야."

"엄마 가지고 나한테 설교하려고 하지 마." 리코가 말했다. 딸은 엄마가 리코의 부인을 좋아하지 않고, 그 감정은 서로 마찬가지이고, 그래서 엄마가 자기 손자들을 알려고도 하지 않았다는 걸 잘 알았다. 하지만 딸은 한 번도 리코에게 자신이 집을 나가고 나서 그가 공군에 입대하기까지 이 년간 그가 어떻게 지냈는지 물은 적이 없었다. 그들 모두 각자의 방식으로 브루스의 죽음을 애도하고 있었다. 하지만 자신이 집을 나간 뒤 리코가 엄마와 함께 산 삶이 어쨌든 간에 그게 자신이 견딘 것보다 나빴을 거라고는 상상할 수 없었다. 엄마는 리코나 브루스는 때린 적이 없었다.

"좋아. 설교 안 할게." 딸이 말했다. "그냥…… 엄마가 에디 레버트 이야기를 하고 싶어하면 그냥 내버려둬. 그런다고 누굴 다치게 하는 것도 아니잖아, 리코."

적어도 전에 다치게 했던 것처럼은.

—

성경은 말한다. "마땅히 행할 길을 아이에게 가르치라. 그리하면 늙어도 그것을 떠나지 아니하리라." 엄마의 경우 늙어서는 한 번도 성경 이야기를 하지 않았다. 대신 예전에 엄마가 좋아하던 그룹 오제이스의 리드 싱어 에디 레버트가 온다는 복음을 설교했다.

에디와 엄마, 남부의 아들과 딸이 둘 다 자식을 먼저 묻어야만 했다는 것, 자식을 가져본 적이 없는 딸조차도 그것은 특히 가혹한 일이라고 생각하고 있었다. 아마 엄마는 오랜 세월에 걸쳐 에디의 삶과 일을 추적하면서 그와 매우 단단하고 특별한 유대를 느꼈을 것이다.

딸의 지하실에 있는 가족 앨범 가운데 하나에는 70년대 오제이스가 이곳에 왔을 때 엄마가 에디와 찍은 폴라로이드 사진이 있었다. 엄마는 어떻게 했는지 콘서트가 끝난 후 무대 뒤로 가서—딸은 자세한 내막을 들은 적이 없었다—사진을 찍었고 거기에 에디는 서명을 해주었다. 사진에서 엄마는 목이 깊게 파이고 몸의 모든 곡선에 딱 달라붙는 불처럼 빨간 드레스를 입고 있었다. 머리는 불그스름한 갈색으로 야하게 염색을 하고 핫콤*으로 빗어 파라 포셋** 식으로 말아올렸다. 큼직한 코와 입만 아니었다면, 피부색이 살짝 더 어둡기는 하지만 파라를 닮은 여자로 통할 수도 있었을 것이다. 엄마가 그렇게 연한 쪽인 반면 에디는 아주 진한 쪽이었다. 그는 하얀 정장 차림에 가슴을 드러내고 있었고 옷깃은 널찍했다. 에디는 엄마의 가느다란 허리를 한 팔로 꼭 끌어안고 카메라를 향해 활짝 웃고 있었다. 엄마는 그를 향해 활짝 웃고 있었다. 어린 시절 딸은 가끔 앨범을 꺼내 그 사진, 엄마가 한때는 행복했다는 증거를 뚫어져라 들여다보곤 했다.

딸이 열여덟에 집을 나갔을 때 그것은 한편으로는 엄마의 불행에 전염성이 있을까 두려웠기 때문이고 다른 한편으로는 모든 사람의 하녀가 되는 데 질렸기 때문이었다. 딸은 한때 집에서 벗어나 있었지만 집을 완전히 떠나지는 않았다. 이제 따귀도 없었

---

* 전열식 머리 손질용 기구.
** 1970-80년대에 인기를 얻었던 미국의 백인 여배우.

고, 상처 주는 말도 없었고, 밖에서 들여다보면 엄마와 딸이 가깝다고 착각할 수도 있었다.

—

어느 금요일 저녁 딸과 엄마는 부엌 식탁에 앉아 리코가 오기를 기다렸다. 딸은 그에게 염치가 있어야 한다고 다그쳐 몇 시간 와 있게 했다. 고등학교 시절부터 친구인 토니와 저녁을 먹으러 나가려는 것이었다. 토니는 가끔 들러 딸이 집에서 손보고 싶은 것들을 손봐주었다. 딸 자신을 포함하여. 그전 해, 엄마가 두번째 발작을 겪은 뒤 의사는 혈관성 치매 진단을 내렸고, 딸이 엄마의 짐을 싸서 자신의 집으로 엄마를 들였을 때 도와준 사람은 리코가 아니라 토니였다.

토니가 오자 엄마가 그에게 말했다. "오늘이 그날이야. 에디가 오고 있어."

토니가 엄마를 보며 미소를 지었다. "그럼요, 아가씨. 딱 보니 알겠네요!"

엄마는 활짝 웃으며 일어서서 토니에게 자기 옷을 보여주었다. "저 시퍼로브에서는 입을 걸 이것밖에 못 찾겠어." 엄마가 딸을 흘겨본 다음 얼른 고개를 돌렸고 딸은 그냥 고개를 젓기만 했다. "그이가 이 옷을 좋아할까?"

"아, 그럼요, 네!" 토니가 말했다. "내가 몇 살만 젊었어도 에디가 만만치 않은 경쟁 상대를 만났을 텐데 말입니다."

"어머, 말도 안 돼!" 엄마가 말하며 얼굴을 붉혔다.

"그이를 본 지가 워낙 오래되어서." 엄마가 말했다. 엄마는 한 손의 갸름하게 다듬어진 손톱들로 식탁을 두드렸다. 다른 손으로는 머리를 긁었다. 딸은 태만했다고 생각했다. 엄마는 샴푸와 린스를 할 때가 한참 지난 상태였다. 딸은 아침에 친구 태미에게 전화를 걸어 그녀의 미용실에 엄마를 데려갈 건데 비는 시간이 있느냐고 물어보기로 했다.

마침내 리코가 사십오 분 늦게 도착하자 엄마는 손뼉을 쳤다. "내 막내아들!"

리코는 엄마의 뺨에 입을 맞추고 에디가 오고 있다는 엄마의 말에 눈알을 굴렸다. "왜 저렇게 머리를 긁고 있는 거야?" 그는 목소리를 아주 낮게 깔며 비난조로 딸에게 물었다.

"그만." 딸이 그를 향해 작지만 날카로운 소리로 대꾸했다. 그녀는 엄마를 돌아보았다. "엄마, 토니하고 나는 나가요. 리코가 옆에 있을 거야. 나중에 봐."

"그래." 엄마가 허공에 대고 말했다. 그리고 토니에게는, "좋은 시간 보내게, 젊은이."

토니의 차에 타자 딸은 대놓고 울었고 그는 그녀의 등을 쓰다듬으며 울게 두었다.

그녀는 이내 차분해지면서 울음을 그치고 코를 훌쩍거리다 말했다. "미안해."

"뭐가?" 토니가 물었다.

"그…… 전부 다. 어쩌다 터졌는지 모르겠어."

"어쩌면 네가 엄마를 돌보고 있는데 엄마는 네가 누군지도 모른다는 사실 때문일지도 모르지. 그런데 리코가 들어오니까, 그 녀석은 네가 부탁하지 않으면 손가락 하나 까닥하지도 않는데, 네 엄마에게선 사랑이 뿜뿜 뿜어져나오잖아. 오히려 이렇게 늦게야 터진 게 놀라운걸."

딸은 다시 흐느꼈다. 토니는 시동을 걸고 차를 움직이기 시작했다. "저녁은 천천히 먹어도 돼." 그가 말했다. "그냥 드라이브나 할 수도 있지, 네가 원한다면."

딸은 고개를 끄덕였다. "있잖아, 집에서 나온 뒤에도 나는 계속 엄마를 챙겼어. 브루스가 죽은 뒤 엄마는 모든 일에 달려들었어—어린이 교회, 걸스카우트, 주일학교. 그래서 언제든 차가 필요하면 내가 운전을 해줬지. 한 주 걸러 식료품점에 모시고 갔고. 크리스마스, 부활절, 추수감사절을 혼자 보내지 않게 해줬어. 내가! 리코가 아니라. 그리고 이제는 내가 엄마를 돌보고 있어. 심지어…… 심지어 자랄 때 내가 그 꼴이었는데도. 지나간 일은 지나간 일로 넘기려고 하면서. 내가 엄마를 챙겼어. 그리고 지금도 챙겨. 하지만 엄마가 아는 한 나는 그저 또 한 명의 방문 간호사에 불과해.

그리고 나는 그 에디 레버트 얘기를 들을 때도 언제나 리코와는 달리 똥구멍 같이 굴지 않으려고 하지만 엄마는 나보다 그 인간에게 더 관심이 있어! 매일 매일 똑같아. 가끔 그냥 비명을 지르고 싶어. '그 사람은 오지 않아! 절대!'" 딸은 숨을 내쉬었다. "이게 끔찍한 짓일까?"

토니는 턱수염을 쓰다듬으며 뭉친 목을 푸는 것처럼 머리를 이쪽저쪽으로 기울였다.

"왜?" 딸이 물었다.

"주제넘은 이야기를 하고 싶지는 않은데……"

"그냥 말해."

"첫째, 너는 쉬어야 해. 우리가 저녁 먹으러 나가는 이런 걸 말하는 게 아니야. 진짜 휴식이 필요해. 휴가. 하지만 그게 다가 아니야……" 토니는 한숨을 쉬었다. "봐, 나는 네가 자랄 때 도대체 무슨 일이 있었는지 몰라. 하지만 그거하고 화해해야 해. 그게 말처럼 쉽지 않다는 건 나도 알아. 하지만 방법을 찾아야 한다고 생각해."

그게 내가 평생 한 일이야, 딸은 생각했지만 말하지는 않았다. 엄마를 속상하게 하는 일을 하지 않을 방법을 찾고, 리코 때문에 엄마가 골머리를 앓지 않을 방법을 찾고, 엄마에게서 벗어날 방법을 찾고, 엄마의 도움 없이 자신을 돌볼 방법을 찾고. 그녀는 저임금 일자리를 전전하다가 마침내 정식 부동산업자가 되었고 자신이 집을 사고 팔고 고쳐서 파는 데 재주가 있다는 것을 알았다. 그런데 지금은 부업이 엄마 돌보기. 딸은 나지막이 욕을 했다.

"말했던 대로, 나는 도대체 무슨 일이 있었는지는 몰라……" 토니가 말했다.

"얘기해줄게." 딸이 말했다. "하지만 우선 뭐 좀 먹으러 가자. 배고파 죽겠어."

—

동네 사람들은 엄마가 색깔이 제대로 나올 때까지 아기들을 계속 밀어낸다고 말하곤 했다. 중간인 딸은 맏이인 브루스보다 진했다, 딸의 아버지가 브루스의 아버지보다 연한 쪽이었음에도. 엄마의 세번째이자 마지막 자식인 리카르도, 그러니까 리코는 아버지가 어느 여름에 지나간 푸에르토리코 뮤지션이라 눈은 녹색이고 머리칼은 모래 빛인 버터처럼 노란 사내아이였다. 리코의 심한 곱슬머리, 두툼한 입술, 넓적한 코는 절대 백인으로는 통할 수 없다는 뜻이었다. 하지만 백인으로 통하는 건 중요하지 않았다. 딸이 자신의 여러 관찰을 짜맞춘 것과 엄마가 친구들에게 하는 말을 엿들은 것을 가지고 판단할 때 중요한 것은 리코가 엄마의 색깔을 가졌다는 점이었다. 그러니까 이번 한 번은 유전자의 주사위가, 진한 깜둥이가 가장 잘 박는다고 믿는 아주 연한 여자에게 우호적인 쪽으로 구른 셈이었다. 그녀는 깜둥이를 침대에 들일 때마다 일종의 DNA 룰렛을 했던 것이다.

그러다 엄마는 구원을 얻었다. 그 일은 어느 부활주일에 일어났다―그들은 어머니의 날, 크리스마스이브, 부활절에만 교회에 갔다. 어머니의 날이면 엄마는 드레스에 하얀 꽃을 꽂고―브루스는 그걸 '죽은 엄마' 꽃이라고 불렀다―교회에 다녀오기 전과 후에 온종일 방에 처박혀 흐느끼며 자신의 어머니를 그리워했다.

딸, 브루스, 리코에겐 할머니에 대한 별다른 기억이 없었다. 엄마가 사생아들을 낳았다는 이유로 그녀와 의절했던, 옷을 잘 입고 백인처럼 보이는 흑인 여자일 뿐이었다. 그래도 할머니는 그들이 성장할 때 몇 번 찾아와주기는 했는데 그때마다 아이 각각에게는 장난감 보따리와 빳빳한 이십 달러 지폐 한 장을, 엄마에게는 그녀가 하느님의 뜻 밖에서 살고 있다는 기죽이는 말을 안겼다. 딸은 어릴 때도 어머니의 날에 엄마가 흘리는 눈물을 이해했다. 엄마가 가끔 자식에게 상처를 주더라도 자식의 마음은 여전히 엄마에게 연결되어 있음을 이해했다.

처음에 딸과 남자 형제들은 어떻게 된 일인지 온전히 이해하지는 못하면서도 엄마가 구원을 받은 것을 기뻐했다. 그들은 열둘, 열, 여덟 살이었고 그들이 궁리해서 나온 최선의 답은 목사가 기도하는 동안 그들의 어머니를 둘러싸고 있던 교회 여자들이 어떤 마법을 부렸다는 것이었다. 엄마는 제단의 외침 동안 울면서 앞으로 걸어나갔지만 예배를 끝내고 나올 때는 미소를 지으며 두 팔로 아이들을 감쌌으며 집으로 올 때도 아이들을 옆으로 바싹 당겨 함께 걸었다. 엄마의 엄마는 그전 해에 갑자기 죽었다―딸은 엄마가 동맥류라는 말을 하는 것을 옆에서 들었지만 그게 무슨 뜻인지 알지는 못했다. 또 엄마가 친구인 미스 라진에게 자기 엄마가 죽기 전에 하느님과 일을 바로잡았으면 좋았을 거라고 말하는 것도 들었다.

불행하게도 새로 개종한 사람의 열정은 새로 개종한 사람의 자식들에게는 당혹스럽다. 지난 토요일 밤에는 어머니의 침대 머리판이 자식의 방 벽을 두들기고 엄마가 곧 남이 될 절친의 남편 이름을 외치는 소리를 듣지 않으려고 머리 위로 집안의 모든 담요를 덮어써야 했다. 그런데 이번 토요일 밤에 그녀는 자식들의 손에서 흐물흐물해진 카드들을 낚아챈다. "요행을 바라는 게임은 악마에게서 나온 거야!"라는 이유로.

딸은 열 살짜리의 논리로 진 러미가 악마에게서 나왔다는 건 이해할 수 있다고 생각했다. 게임 이름에 진*이 들어갔으니까. 하지만 그녀와 그녀의 남자 형제들이 좋아하는 다른 게임인 '너클스'나 '나는 선전포고를 한다'는 뭐가 문제인 걸까?

엄마 A.C.**(교회 이후의 엄마, 딸은 그렇게 생각했다)는 뭔가가 변했다. 예를 들어 집에서 카드와 남자들을 금지한 것. 하지만 어떤 것들은 변하지 않았다. 텔레비전에서 자기가 좋아하는 드라마가 나올 때 아이들이 너무 시끄럽게 떠들면 엄마는 여전히 브루스나 리코에게는 입 닥치라고, 딸에게는 그 검은 입 좀 닥치라고 말했다.

그래도 교회는 에디 레버트의 적수가 되지 못했다. 오제이스는 여전히 엄마가 가장 좋아하는 그룹이었고 에디 레버트는 여전히 엄마가 그 그룹에서 가장 좋아하는 뮤지션이었다. 엄마 B.C.***(교회 이전)는 친구인 미스 낸시나 미스 라진한테 말하곤

---

* 독주의 한 종류.
** After Church의 약자.
*** Before Church의 약자.

했다. "에디 레버트라면 언제라도, 어디에서라도, 그 사람이 원하는 어떤 식으로라도 나를 가질 수 있어, 허니! 내 말 들었어?" 그러면 그들은 모두 왁자하게 웃음을 터뜨리곤 했다.

엄마 B.C.는 금요일 밤 저녁을 먹은 뒤에 데이트나 카드 파티에 갈 일이 없으면 오제이스 앨범을 틀었다. 눈을 감고 엉덩이를 흔들며 음악에 맞춰 노래를 불렀다. 그녀의 댄스 파트너—쿨 담배와 위스키 한 잔, 온더록스로. 그녀가 선택하는 술은 조니워커 레드였다.

그런 금요일 밤이면 리코가 엄마를 위해 앨범을 갈아주는 DJ 역할을 했고 딸은 바텐더 역할을 하며 엄마가 요청하기 전에 필요한 만큼 얼음을 넣고 술을 추가했다. 마치 일인용 나이트클럽 같았고 엄마는 사랑 노래들에 푹 빠져 밤이 끝날 무렵에는 울고 있었다. 브루스는 거리 어딘가에 나가 있었으며 오랫동안 밖에 머물다 엄마가 소파에서 정신을 잃은 뒤에, 그러나 한밤중에 일어나 아이들 전부를 확인하고 몸을 질질 끌며 침대로 가기 전에 몰래 들어왔다.

십대가 되자 브루스는 밖에 나가 약을 하고 물건을 훔치고 주사위 게임을 하다 싸움을 벌이는 사람이 되었다. 하지만 엄마가 주의를 주는 사람은 딸이었다. 딸이 아주 가끔 저녁에 밖에 나가면 "밖에 나가 네 색깔을 보여주지 마!" 하고 말하곤 했다.

엄마 A.C.는 금요일 밤을 여전히 에디 레버트와 함께 보냈고, 리코를 접대하기 위해 딸을 옆에 두려 했다. 담배와 위스키 잔이 사라지자 엄마는 노래를 하면서 교회에서처럼 허공에 두 손을 자유롭게 흔들 수 있었다. 두 곳 모두에서, 그러니까 엄마의 일인용 나이트클럽에서도 교회에서도, 엄마는 영*에 감화되어 몸을 흔들다 결국 울었다.

그러나 시간이 지나면서 딸은 그 눈물에서 어떤 기쁨도 분별해낼 수 없었다. 엄마의 친구인 미스 낸시와 미스 라진은 엄마가 말하곤 했듯이 "세상에" 남아 있었다. 그래서 엄마 스스로 그들과 거리를 두었고 곧 관계가 끊어졌다. 부활절 일요일에 제단에서 엄마를 둘러쌌던 교회 여자들은 엄마가 새신자반을 마치자 연락을 끊었다. 그들의 일은 끝났다. 그들은 결혼하지 않고 자식 셋을 둔 가난한 어머니를 교회 사람들이 예수를 일컬을 때 사용하는 말인 '생명수'로 이끌었다. 하지만 어머니는 그들과 같은 부류가 아니었다.

세월이 흐른 뒤 딸은 교회나 갈색 술과는 엮이고 싶어하지 않았다. 둘 다 엄마를 울게 했기 때문이다.

---

* spirit. 성령이라는 뜻으로 증류주라는 뜻도 있다.

—

    딸은 토니와 함께 레드 로브스터에서 돌아와 엄마의 방 앞에서 발을 멈추었고 토니에게는 계속 복도를 내려가 자신의 방으로 가라고 손짓했다. 그녀는 문을 살짝 열고 엄마가 얇은 담요 밑에 몸을 웅크린 것을 보았고 가볍게 코를 고는 소리를 들었다. 그녀는 문을 닫고 아직도 게냄새가 진동하는 것 같아 욕실에 들러 다시 손을 씻었다.

    방에 가자 토니는 이미 그녀의 이불 아래 들어가 있었다. 그녀는 옷을 벗고 그의 옆으로 미끄러져들어갔다. 그들은 십 년 전 토니가 처음 들르기 시작했을 때부터 서로 쉽게 맞아들어갔다. 그때 그는 서른둘이었고 두 번 이혼했고 외로웠다. 딸은 자신의 미래에 결혼이나 자식이 있다고 생각한 적이 없었으며 늘 독립적이었고 혼자 있는 쪽을 좋아했다. 그럼에도 그녀에게는 누군가와 함께하고픈 욕구가 있었다. 토니는 그녀를 웃게 했고 생각하게 했다. 그는 관대한 연인이었고 편리한 사람이었다. 딸에게는 그것으로 충분했다.

    딸은 그 순간에 머물려고, 토니의 몸 옆에서 자신의 몸이 살아 있다는 느낌을 음미하려고 했다. 하지만 생각은 엄마에게로 흘러갔다. 늘, 엄마. 토니는 그녀를 놓치고 있다는 것을 아는 것처럼 그녀를 더 꼭 쥐고 더 빠르게 몸을 움직였다. 머리판이 벽에 쿵쿵 부딪혔고 딸은 엄마 B.C.가 자신이 섹스하는 소리를 자식들이 듣는 걸 상관하지 않는 것 같았다는 게 기억났다. 하지만 엄마가 예수를 발견한 뒤 머리판이 쿵쿵대는 일은 중단되었다.

옛말이 있었다. 어머니는 딸을 기르고 아들을 사랑한다. 하지만 엄마는 누가 사랑해준 적이 있을까, 자식들 외에? 엄마는 교회와 금욕생활에 헌신했음에도 사람으로서는 감히 생각도 할 수 없는 평화*, 예수를 마음에 영접하면 우리 것이 된다고 하는 그 평화를 결코 누리지 못했다. 성경에서 약속하는 그 기쁨, 말할 수 없는 기쁨**도 마찬가지였다. 엄마가 얻은 것은 예수의 사랑이었다. 그러나 그의 손길은, 딸의 상상으로는, 너무 덧없어 어떤 갈증도 해소해주지 못했다. 그는 엄마가 침대로 들이는 남자들보다 더 조용하고 수동적이었지만 그럼에도 모든 것을 요구하는 연인이었다.

---

* 성경 「빌립보서」 4장 7절에 근거한 표현.
** 「베드로전서」 1장 8절에 근거한 표현.

다음날 아침식사 후 딸은 토니에게 엄마와 잠시 함께 있어달라고 부탁했다. 그녀는 미용실에 전화를 하는 대신 타깃으로 달려가 눈이 따갑지 않은 아기용 샴푸와 컨디셔너를 비롯해 엄마의 머리를 직접 감기는 데 필요한 모든 것을 샀다.

　　토니가 떠난 뒤 딸은 엄마에게 이제 머리를 감길 거라고 설명했다. 엄마는 여전히 혼자 샤워하고 옷을 입을 수 있었기 때문에 딸은 그녀의 프라이버시를 존중하고 싶어 부엌 싱크대 위에 머리를 숙여도 괜찮겠느냐고 물었다.

　　"글쎄…… 모르겠네." 엄마는 자기 머리를 쓰다듬었다. 이제는 대부분 하얗게 세고 숱도 줄어 파라 포셋 머리는 가당치도 않았지만 여전히 어깨까지 늘어져 있었다. "에디가 그걸 좋아할 거라고 생각해? 그이가 오늘 오잖아, 알다시피."

　　"네, 엄마. 알죠." 딸은 뜨거운 덩어리를 삼켰다. "그런데 에디도 엄마더러 내가 싱크대에서 엄마 머리를 감겨주게 하라고 할 것 같은데요."

　　"뭐, 그럼 좋아."

　　물 온도를 딱 맞게 하는 데는 몇 번의 시행착오가 필요했다. 딸은 엄마가 필요할 때는 언제든지 중단하고 얼굴을 닦아줄 수 있도록 옆에 수건을 잔뜩 쌓아두었다.

컨디셔너까지 발라 머리를 다 감기고 난 뒤 딸은 마른 셔츠로 갈아입히려고 엄마를 다시 방으로 데려갔다. 딸은 엄마를 화장대에 앉히고 뒤에 서서 드라이어로 엄마의 머리칼을 말려주었다. 엄마는 거울을 보고 미소를 지었다.

딸이 엄마의 머리를 몇 구역으로 나누어 각 구역에 천천히 오일을 바르고 두피를 마사지하자 엄마는 한숨을 쉬며 머리를 딸의 몸통에 기댔다.

"있잖아요, 엄마." 딸이 입을 열었다. "에디가 전화를 해서 좀 늦을 거라고 했어요."

"어머, 안 돼!" 엄마가 말했다.

"하지만 엄마한테 걱정하지 말라고 전하랬어요. 엄마가 저와 함께 있으니 안심해도 괜찮대요. 이러더라고요. '내가 갈 때까지 그분을 잘 보살펴, 딸.'"

"딸?"

"네, 엄마. 저요. 딸."

"에디가 또 뭐래?"

"에디 말이…… '내가 가서 그분을 잘 보살펴줄 거라고 전해.' 그래서 내가 말했어요. '네, 선생님. 그렇게 전할게요.'"

"너는 늘 아주 예의바른 아이였지." 엄마가 말하며 손을 올려

딸의 손을 토닥였다.

"제가 기억나요, 엄마?"

"기억하고말고!"

딸은 눈물이 나기 시작했지만 미소를 지을 수밖에 없었다. 그녀는 엄마가 자신을 기억하는지 못하는지 알지 못했다. 하지만 딸이 그렇게 믿어주기를 엄마가 바란다는 걸 아는 것으로 충분했다.

그녀는 계속 엄마의 두피를 마사지했다. "이러니까 기분 좋아요?"

"음음-흠흠흠." 엄마가 되풀이해 그런 소리를 냈고 그 소리는 콧노래로 바뀌었다. 나오는 대로 흥얼거리는 선율, 딸은 들어보지 못한 것이었다.

딸은 거울로 둘을 보았다. 연하고 진하고. 하지만 그 외에는 짝을 이루는 둥그런 얼굴에 큰 갈색 눈 두 쌍이 그녀를 보고 있었다. 엄마의 두피는 여전히 창백했지만 나머지는 시간이 지나면서 진해졌다. 그래도 여전히 종이봉투*보다 연하다. 만일 엄마의 정신이 지금도 그런 것에 고착되어 있다면 그렇게 자랑했을

---

* 갈색 봉투를 가리키는데 미국 흑인들 사이에서 흔히 피부색의 기준으로 언급된다.

지도 몰랐다.

"엄마, 오래전에 엄마는 저한테 정말 심하게 굴었어요. 정말 심했죠. 엄마가 그걸 조금이라도 기억할지 모르겠네요. 내 마음 한편에서는 엄마가 기억하기를 바라요, 제가 잊을 수가 없기 때문에. 그리고 기억한다면 사과하기를 바라요. 아니면 적어도 인정하기를……"

엄마는 계속 콧노래를 불렀다. 이윽고 그녀가 말했다. "있잖아 에디가 자기한테 많은 사랑이 있었다고 노래하는데 나도 그 사랑 가운데 하나였어." 엄마는 손가락으로 자기 가슴을 찔렀다. "나. 조그맣고 아무것도 아닌 내가." 엄마는 혼자 깔깔거렸다. "에디는 한때 나를 사랑했지. 그 하룻밤."

"엄마는 아무것도 아닌 사람이 아니에요."

"아 그래? 흠, 그럼 나는 누굴까?" 엄마가 너무 멀쩡하게 말해서 딸은 깜짝 놀랐다. 다른 누가 방안에 들어와 함께 있는 것 같았다.

"엄마는…… 나한테 필요한 걸 줄 수 없는 사람이에요. 하지만 아무것도 아닌 사람은 아니에요."

"그래?"

"그래요."

딸은 엄마의 머리카락을 모아 한 줄로 땋았다. 그런 다음 엄마가 입을 새 청록색 여름 드레스를 침대에 펼쳐놓았다.

"나갈 테니 옷 입으세요. 다시 올 때 점심 가져올게요."

"그럼 좋지." 엄마가 말했다. "에디가 올 때 준비가 되어 있으면 좋거든. 오늘이 그날이야."

딸이 엄마의 점심 쟁반을 들고 돌아왔을 때 엄마는 리클라이너에 앉아 두 손으로 여름 드레스를 쓰다듬으며 미소를 짓고 있었다. "내가 아름다워 보여." 엄마가 말했다.

"네, 그래요." 딸이 말했다. 그녀는 엄마의 무릎 위에 쟁반을 놓았다.

엄마는 샌드위치 옆에 있는 폴라로이드 사진을 집어들었다. 잠시 그것을 물끄러미 보다가 내려놓고 샌드위치를 집어들었다.

딸은 한숨을 쉬고 휴대전화에 저장해놓은 노래를 틀었다. 오제이스의 〈Forever Mine〉의 도입부 화음이 방을 채웠고 그녀는 엄마에게서 그것이 뭔지 알아듣는 어떤 움직임이 나타나기를 기대했다. 미소나 그런 게. 하지만 아무것도 없었다. 3절에서 에디의 목소리가 나왔을 때도 엄마는 이게 자신이 앞서 언급했던 노래임을 인식하는 것 같지 않았다. 노래는 계속 흘렀다. 딸은 엄마가 듣고 있는지도 알 수 없었다. 엄마는 폴라로이드는 까맣게 잊은 채 샌드위치와 과일샐러드를 먹었다.

그 순간, 에디가 연인에게 그대로 있어달라고 간청하는 순간 엄마는 사진을 집어들더니 그와 함께 노래를 부르기 시작했다. 엄마의 목소리는 강하고 또렷했다.

이 소설집은 오랜 세월과 우여곡절을 거치며 모양이 잡혀갔는데 그 과정에서 함께 어울리게 된 모두에게 감사한다. 여러분의 사랑, 우정, 지원, 응원, 조언, 식사, 심야의 웃음, 전문적 도움, 피드백, 함께 춤춘 시간, 나와 나의 이야기에 대한 흔들림 없는 믿음에 감사한다. 크리스 아이비, 타이레스 콜먼, 프랜과 앨런 에드먼스 부부, 르네 심스, 배시 이크피, 페이스 에이디엘, 러네 오닐, 스탠리 러브 테이트, 제임스 버나드 쇼트, 다이애나 베이가, 칼리아 윌리엄스, 대니엘 에번스, 데이비드 헤인스, '아프리카계 미국인 소설을 위한 킴빌리오 센터'의 모든 식구, 테리사 폴리, 알리야 토머스, 멜라니 디온, 애덤 스마이어, 드마키스 클라크 박사, 데이먼 영, 채니 인펀트 루이스마, 더그 앤서니, 토니

버로스, 웨이드 카버, 퀘이크 플레처, 이얀 스폴딩, 해리 위버 더 서드, 대니얼 헨리, 앨리슨 키니, 마크 세퀘이라, 맥스웰 그랜트 목사, 보마니 존스, 맷 존슨, 앰버 에드먼즈, 르넬 캐링턴, 토야 스미스, 셀레스트 C. 스미스, 버나뎃 애덤스 데이비스, 스와티 쿠라나, 메러디스 드리스콜, 캐럴린 에드거, 로런스 와그너, 세 쿠 캠블.

이 작품집에 열렬한 지원과 관심을 보여준 데릭 크리소프, 사라 조지, 제러미 왕-아이버슨, 세라 먼로, 샬롯 베스터, 웨스트 버지니아 대학 출판사 팀 전체에 큰 감사를 전한다.

오랜 친구들에게 큰 소리로 감사한다. 태머라 윈프리 해리스, 요나 하비, 타네시아 내시 레어드, 레베카 루솔로, 지니 메이플스, 이사 마스(나의 셸리!). 너희 모두가 나를 여기까지 이끌었어. 고맙고 사랑해!

나의 사려 깊은 독자들, 최고의 응원단, 소중한 친구들에게 특별히 감사와 사랑을 보낸다. 브라이언 브룸, 아샤 라잔, 에이비어 호크, 미미 왓킨스, 조지 케빈 조던, 서맨사 어비, 키스 레이먼.

데니스 노리스 주니어, 모든 차와 우정에, 이 모음집의 첫 수록작이 된 이야기(「율라」)를 사랑하고 게재해준 것에 감사한다.

이 이야기들 가운데 몇 개의 이전 버전을 게재해준 데 〈치트 리버 리뷰〉 〈볼티모어 리뷰〉 〈배럴하우스 매거진〉에 감사한다.

「이브의 자서전」을 쓴 앤설 엘킨스에게 감사한다. 이 시는 보물이다.

수많은 선물과 은혜와 격려를 준 것에 버네사 저먼에게 사랑과 감사를 보낸다. 당신은 세상을 더 낫게 만들어요.

사랑과 웃음에 감사한다. 티파니 덴트 박사, 드숑 페리, 캐럴린 스트롱 박사, 라타샤 스투르드비언트 박사.

처음 이 모음집을 구상하고 결승선까지 매 단계 나를 안내해준 탁월한 에이전트 대니엘 키오티에게 감사한다.

멋진 스승이자 친구가 되어준 로라 사보-코언과 토니 노먼에게 감사한다. 이십여 년, 그건 엄청나게 긴 시간이다······

나의 자매들에게―도네트, 샬론, 티파니, 펠리시아―우리 이야기는 이제 시작이다.

인내심을 보여주고 나를 자랑스러워한 것에 감사합니다, 테일러와 페이턴. 사랑합니다!

마지막으로 그 오랜 세월 나를 교회와 주일학교에 보내준 것에 엄마와 네이-네이에게 감사한다. 매일 그립습니다.

옮긴이의 말

 여러 면에서 다채로운 이 단편집은 미국 작가 디샤 필리야의 데뷔작인데, 그의 데뷔는 신데렐라 이야기와 비슷하다. 이 얇은 책은 2020년 미국의 웨스트버지니아대학 출판부에서 나왔다. 이 출판사는 규모도 크지 않을뿐더러 문학작품 출판에서 독자적인 명성을 얻고 있는 곳도 아니었다. 작가 필리야 또한 칼럼이나 에세이를 쓰기는 했지만 큰 명성을 누린 것도 아니고 대학에서 창작을 전공하지도 않았으며(학부에서 경제학, 대학원에서 교육학을 전공했다) 전업으로 글을 쓰기 전에는 은행에서 근무했다. 그런데도 이 단편집은 오직 작품 자체의 힘으로 평단의 호평을 받으며 2020년에 로스앤젤레스 타임스 도서상, 2021년에 펜/포크너상 등을 받고 전미도서상 최종 후보에까지 올라갔다.

HBO Max에 드라마 판권이 팔린 것은 덤이었다.

이것이 신데렐라 이야기라고 한 것은 현재 미국에서는 유수한 대학 창작 프로그램을 이수한 준비된 작가가 유수한 출판사의 전략에 따라 데뷔작부터 베스트셀러를 내며 화려하게 등장한 뒤 출판사의 지원을 받으며 계속 베스트셀러 출간을 이어가는 것이 하나의 패턴으로 자리를 잡았다는 이야기를 들은 적이 있기 때문이다. 따라서 노련한 편집자가 쌓여 있던 투고 원고 더미에서 우연히 걸작을 발견한다든가 하는 일은 이제 찾아보기 힘들게 되었다는 것이다. 다른 각도에서 보자면 어떤 정해진 경로를 따르지 않고는 전업 작가로 자리를 잡기가 힘들다고 말할 수 있을 듯하다. 그렇다 해도 저 밑바닥에서부터 오로지 작품의 힘만으로 밀고 올라오는 예외적인 사건, 이곳저곳에서 산전수전 겪은 사람이 끝내 중요한 작가가 되는 사건이 적어도 소설에서는 가능하다고 믿고 싶고(이건 다른 게 아니라 소설이니까), 그래서 그런 믿음을 이 작가와 이 작품이 증명해준 것은 정말 고마운 일이다.

그러나 신데렐라 비유는 여기까지다. 많은 사람에게 신데렐라는 디즈니가 보여준 이미지로 각인되어 있는데, 일단 디샤 필리야는 바비 인형 같은 금발 백인 여성이 아니다. 플로리다 출신의 흑인 여성이다. 그리고 흑인 여성의 이야기를 쓴다. 흑인 여성도 쉽게 일반화할 수 있는 범주는 아니겠지만, 일단 데뷔작에서 그가 작품의 전면에 주로 내세우는 여성은 흑인과 여성이라는 이중으로 불리한 처지 때문에 온갖 고통을 겪어온 어머니, 시대의 흐름에 따라 상당한 자유를 누리면서도 남부에 살던 탓에 흑인 인권운동의 영향에서는 약간 벗어나 있던 어머니, 자신의 세속적 삶이 어떠하든 여전히 교회에 내린 뿌리를 거두지 않은 어머니 밑에서(아버지는 없다!) 자라 어머니 때와는 또다른 세계를 경험하는 딸들이다. 이 모녀들에 「자매에게」나 「자엘」에 등장하는 할머니까지 포함하면 대체로 서너 세대 여성이 자리잡고 있는 이 단편집의 풍경이 드러난다. 실제로 여기 실린 단편들은 연작은 아니지만 마치 어떤 여성 집단의 이야기를 기록한 듯 서로 연결된 느낌을 준다.

그러나 이 단편집은 물론 미국 흑인 여성의 다큐멘터리가 아니라 소설이고, 앞서 말했듯이 소설로서 가진 힘으로 지금의 자리에 올라섰다. 사실 내가 이 단편집에 관심을 갖게 된 것도 누군가 이 책을 읽고 울었다는 이야기를 듣고 나서였다. 이제 이 책을 읽을 독자들도 울지는 모르겠으나 꽤 동떨어져 보이는 삶이 우리의 삶과 뜻밖에도 긴밀하게 연결되고, 그럼으로써 우리의 삶이 새로운 각도에서 조명되고, 그 덕에 미처 몰랐던 우리 삶의 깊은 부분이 드러나는 경험만큼은 분명히 하게 될 것이다.

그리고 그게 바로 좋은 소설의 힘 덕분임을 인정하게 될 것이다.

정영목

옮긴이 **정영목**
번역가로 활동하며 현재 이화여대 통역번역대학원 교수로 재직중이다. 지은 책으로『완전한 번역에서 완전한 언어로』『소설이 국경을 건너는 방법』, 옮긴 책으로『로드』『선셋 리미티드』『신의 아이』『패신저』『스텔라 마리스』『제5도살장』『바르도의 링컨』『호밀밭의 파수꾼』『에브리맨』『울분』『포트노이의 불평』『미국의 목가』『굿바이, 콜럼버스』『새버스의 극장』『아버지의 유산』『사실들』『왜 쓰는가』 등이 있다.『로드』로 제3회 유영번역상을,『유럽문화사』로 제53회 한국출판 문화상(번역 부문)을 수상했다.

문학동네 세계문학
교회 여자들의 은밀한 삶

초판 인쇄 2023년 12월 8일 | 초판 발행 2023년 12월 22일

지은이 디샤 필리야 | 옮긴이 정영목
책임편집 박효정 | 편집 홍유진 이현자
디자인 백주영 이원경 | 저작권 박지영 형소진 최은진 서연주 오서영
마케팅 정민호 서지화 한민아 이민경 안남영 왕지경 황승현 김혜원 김하연 김예진
브랜딩 함유지 함근아 고보미 박민재 김희숙 박다솔 조다현 정승민 배진성
제작 강신은 김동욱 이순호 | 제작처 한영문화사

펴낸곳 (주)문학동네 | 펴낸이 김소영
출판등록 1993년 10월 22일 제2003-000045호
주소 10881 경기도 파주시 회동길 210
전자우편 editor@munhak.com | 대표전화 031) 955-8888 | 팩스 031) 955-8855
문의전화 031) 955-1927(마케팅) 031) 955-2685(편집)
문학동네카페 http://cafe.naver.com/mhdn
인스타그램 @munhakdongne | 트위터 @munhakdongne
북클럽문학동네 http://bookclubmunhak.com

ISBN 978-89-546-9717-0 03840

www.munhak.com